Zur Autorin dieses Buches

Eva Janssen wuchs im Kölner Friesenviertel auf. Nach ihrer Ausbildung in der Grafikabteilung des DuMont Buchverlages studierte sie Germanistik und Slawistik in Köln und am Gorki-Institut in Moskau. Im Anschluss war sie als freie Übersetzerin, Referentin und Kritikerin tätig. Heute arbeitet die Autorin als Lehrerin in der Erwachsenenbildung.

Sie ist verheiratet und hat zwei Kinder

DR

QUETSCHENBÜGGEL

Bibliografische Information der Deutschen National-bibliothek:

Die Deutsche Nationalbibliothek verzeichnet diese Publikation in der Deutschen Nationalbibliografie; detaillierte bibliografische Daten sind im Internet über http://dnb.dnb.de abrufbar.

Umschlaggestaltung: Bernhard Menzel

Herstellung und Verlag: BoD – Books on Demand, Norderstedt

ISBN: 9783746046389

Für Bernhard

Vorbemerkung

Die Figur und Lebensgeschichte des Joseph Zehnpfennig sind frei erfunden. Ähnlichkeiten mit lebenden
oder verstorbenen Personen sind rein zufällig und
nicht beabsichtigt.

Die Daten zu historischen Begebenheiten, Persönlich-
keiten und Orten wurden sorgfältig recherchiert. Namen von Firmen, die heute noch existieren, wurden
verändert. Sollten mir dennoch Fehler unterlaufen
sein, bitte ich dies zu entschuldigen.

Bei der Verschriftlichung der Kölschen Sprache habe
ich mich, bis auf wenige Ausnahmen, an A. Wredes
Wörterbuch „Neuer Kölnischer Sprachschatz" aus
dem Greven Verlag, Köln, gehalten.

Eine Übersetzung ausgewählter Stellen, die jeweils mit
einem Sternchen versehen sind, findet sich im Anhang.

E. Janssen

I.

„Jojojo"

„Jojojo".

Joseph Zehnpfennig saß an einem Tischchen des kleinen Cafés in seinem Viertel, vor ihm eine halb volle Kaffeetasse. Es war ein erschöpfendes, aber noch kein endgültiges „Jojojo", ein Leben, einen Augenblick umarmend, nicht resigniert, ein gedankenverlorenes, intuitives Resümee, ohne Faden, sprunghaft, nachdenklich, Beobachtungen und Assoziationen folgend.

Joseph Zehnpfennig erkannte Schemen von Schulkindern, die offenbar an der Drückampel warteten. Ihre schweren, mit mathematischen Aufgaben, vollgekritzelten Heften, Lesebüchern gefüllten Ranzen zogen die kleinen Rücken unnatürlich nach hinten, sie schubsten, drängelten, kicherten, schrien, bis die Fußgängerampel auf Grün sprang. Dann rannten sie über die Straße, rempelten sich mit den Ranzen an und verschwanden schließlich in der gegenüberliegenden Seitenstraße, während ihr Geschrei noch eine Weile zu hören war, bis es sich endgültig verlor. Doch all das entging Joseph Zehnpfennig. Nur noch dumpf drangen Geräusche in seine zwar riesigen, an Flügel erinnernden Ohren, die aber schon lange nicht mehr leisten wollten, was sie verhießen, und auch das, was man schlechthin als Augenlicht bezeichnet, war trüb geworden. Ins Café Schlösser, in dem er seit dem Tod seiner zweiten Frau Stammgast war, hatte ihn sein neuer Krückstock begleitet, gegen den er sich lange

7

und heftig gestemmt oder eben nicht gestemmt hatte, denn Joseph Zehnpfennig war stolz.

„Jojojo".

Ein LKW ratterte durch die Straße. Die Kaffeetasse vibrierte. Der Löffel klimperte.

Dr Jupp, wie er gerufen worden war, hatte auch einen Ranzen gehabt, einen braunen Lederranzen. Hinten hatte oft das obligatorische Schwämmchen herausgehangen. Die mit den Hausaufgaben beschriebene Tafel musste man vorsichtig in den Ranzen schieben, sonst verwischten die Aufgaben und dann gab es Stockhiebe. Dr Jupp wurde vom Lehrer Küppers nach vorne gerufen, musste sich mit dem Gesicht zur Klasse stellen, damit auch ja alle seine schmerzverzerrte Grimasse sehen und sein Jammern hören könnten. Er war nicht der einzige Boxsack, an dem Küppers trainierte. Dr Jupp war ein ganz normaler Junge gewesen, nicht auffällig, nicht besonders klug, nicht besonders dumm, nicht besonders frech, nicht besonders brav, nicht besonders mutig, nicht besonders feige. Normal eben.

Heute war in der Schule Lindweilerhof, die um die Ecke lag, so eine seltsame Einrichtung untergebracht. Die roten Ziegelsteine waren weiß getüncht worden, auf dem Vorhof standen Autos. „Förderschule" nannten die Leute das Gebäude. Was sollte das sein? Joseph Zehnpfennig konnte sich darunter nichts Genaues vorstellen. Wurden Kinder denn nicht mehr in allen Schulen gefördert? Es waren große, lärmende, oft dicke Jungs, die morgens in diese Schule marschierten. Der Joseph war zwar auch ein robust gebauter, breitschultriger Junge gewesen, allerdings von nur geringem, etwas gedrungenem Wuchs. So viele Jungs! Das war schon ein Kampf, eine dauernde Rangelei, um den Rang eben, in der vorherrschenden Hackordnung. Man musste sich durchsetzen oder geschickt entziehen, bloß nicht runtergucken, wenn einem der Herrmann entgegenkam, „Da kütt dr Manes met singer Band"*. Auch konnte es einem schon einmal passieren, dass man Würmer fressen sollte. „Do! Fress!" Udder beste ze fies dovör?"* Dr Jupp war im Innern ein sanfter Junge. Er ekelte sich nicht etwa vor den Würmern, nein, sie taten ihm leid! Dem Manes dagegen kam erst gar nicht ins Bewusstsein, dass seine eigentlichen Opfer die Würmer waren.

„Jojojo"

Mädchen, ja Mädchen! Die waren in der Volksschule streng getrennt von den Jungs unterrichtet worden. Trotzdem konnte man vor oder nach Schulschluss einen Blick riskieren. Bei der Marie hatte dem damals 9jährigen Jupp nur ein Blick genügt. Das war die Zeit, wo hier noch keiner diese Braunhemden mit dem albernen Schlöppchen trug und die langen, blonden Zöpfe von der Marie noch nicht arisch waren, sondern ganz normal blond. Aber es waren ja auch gar nicht die Haare gewesen, die den Jupp so in Unruhe versetzt hatten, auch nicht die hellgraublauen Augen – das kam viel später – da musste der Jupp die Augen senken. Da fehlte ihm der Mumm, den er beim Manes stets bewiesen hatte. Die Marie hatte dr Jupp bei der ersten Begegnung zunächst nur gehört. Auf dem Nachhause-

9

weg. Jemand pfiff wunderbar klar, sagenhaft gekonnt und mit Trillern versetzt das Lied „Auf der Mauer auf der Lauer". Dr Jupp lief bis an die Straßenecke, wo er den Erzeuger dieser bewundernswerten Vorstellung vermutete und spinkste um die Ecke. Und da sah er sie zum ersten Mal. Sie trug ein einfaches blaues Kleid mit Schürze und stieß mit ihrer rechten, dann mit ihrer linken braunen Sandale abwechselnd im Rhythmus des Liedes ein Steinchen vor sich her. Und dieser eigenwillige Tanz sah ebenso gekonnt aus, wie die Melodie klang. Ein Stück lief er hinter ihr her. Dann stoppte er.

Auf der Mauer, auf der Lauer sitzt ´ne kleine Wanze,
Stoß   Stoß   Stoß   Stoß
seht euch nur die Wanze an,
Stoß   Stoß
wie die Wanze tanzen kann!
Stoß   Stoß
Auf der Mauer, auf der Lauer sitzt   –
Stoß   Stoß

Das fremde Mädchen vor ihm war unerwartet stehengeblieben, hatte sich blitzschnell umgedreht und starrte ihn an. Offenbar hatte sie gespürt, dass er ihr gefolgt war. Ein schmales, blasses, ziemlich verdrecktes Gesicht, spitzes Näschen mit einer tiefen Einkerbung, dünne, zusammengekniffene, etwas schiefe Lippen, die doch eben noch so erstaunliche Töne hervorgebracht haben mussten, große, viel zu große, weit auseinanderstehende Augen – nicht gerade eine Schönheit. Dr

Jupp versuchte ein Grinsen. Das Mädchen blinzelte kurz, drehte sich wieder um und lief davon. Und dr Jupp?

Eine Weile hatte er ihr hinterhergestaunt, dann hatte er sich gebückt und den kleinen weißen Kieselstein aufgehoben, den sie vor sich her gestoßen hatte, und ihn in die Hosentasche gesteckt.

„Jojojo"

Joseph Zehnpfennig zielte mit seiner Hand tastend nach der Tasse, die, unglücklich getroffen, zu Boden fiel und scheppernd zerbrach. Es war aus. Dies war endgültig sein letzter Besuch hier. Er hatte es bereits vorher gewusst. Tief, tief in sich hatte er es gewusst. „Losset sin", hatte er vor sich hingebrabbelt, sich aber dann doch, wider diese wissende Vorahnung noch einmal an seinen Stammplatz, der täglich für ihn freigehalten wurde, begeben, noch einmal so tun wollen, als sei alles wie immer, noch einmal der Heimat, der eigenen Identität hinterherschnüffeln, denn der übergroße, leicht gekrümmte Zinken in seinem zerknitterten Gesicht tat noch sehr wohl seine Dienste. Und auch wenn der Gastwirt jetzt herbeisprang, ihm auf die Schulter klopfte, „Is doch nit schlimm, Jupp!" in die Ohren brüllte – dass er brüllte, war dem Jupp sehr wohl bewusst und es berührte ihn peinlich, machte ihn grantig – auch wenn ein Mädchen bereits die Scherben zu seinen Füßen einsammelte, wusste dr Jupp, dass die zerbrochene Tasse nur eine Bekräftigung dessen war, was er niemandem erzählt hatte: Sein Leben hier war vorbei. Morgen würden sie ihn wegholen. Morgen erwartete ihn die letzte Station seines 84jährigen Lebens.

II.
Drop jeschwore

Von seinen 84 Lebensjahren hatte Joseph Zehnpfennig – mit Unterbrechungen – 84 Jahre hier verbracht, hier, in diesem Veedel.

Im Jahr 1919 waren seine Eltern, Heinrich und Luise Zehnpfennig, geborene Otten, mit seinen vier älteren Geschwistern in eines der neugebauten Häuschen gezogen. Mit dem Bau der Siedlung hatte man 1914 nach dem Motto „Lich, Luff un Bäumcher" begonnen, aber erst nach Ende des 1. Weltkrieges konnte sie schließlich fertiggestellt werden. Ein Projekt für kinderreiche Familien und Kriegsveteranen vor den Toren der großen Stadt. Mitten hineingeboren war dr Jupp im Jahr 1920 als fünftes Kind der Familie Zehnpfennig.

Joseph Zehnpfennig umklammerte unwillig seine Gehhilfe, die der Wirt ihm gereicht hatte, und humpelte – stockend eben – in Richtung seines Noch-Zuhauses.

Drüben auf der anderen Seite des Sandweges wusste er den Hochbunker. „Schutzbau" hatte er geheißen. Schutzbau. Und dann die Schulen! Auf einmal hatten sie Schulschutzräume geheißen. Seine frühere Schule und die am Erlenweg! Schulschutzräume! „Et hätt kejne Schutz mih jejovve in denne Johr. Nirjendswo!

Nit vör denne Nazis, nit vör dem Kreech, denne Bombardeerereje, nit vör dr Angs, dem eijenem Hätzschlaach. Kejne Secherhejt, kejn Schutz. Nirjends ! Nirjends!"* Dr Jupp stieß heftig mit dem Stock auf den Boden. Wenn der Zorn ihn übermannte, war er immer noch stark. Die Adern auf seinen mit Altersflecken übersäten Händen quollen lila hervor. Ein böser, alter Mann mit fest zusammengezogenen Brauen. So stand er da.

Hatte er nicht auch einmal für Schutz sorgen sollen? Hatte er nicht einen Eid geleistet als Rekrut Zehnpfennig? Hatte es nicht geheißen „Wehrdienst ist Ehrendienst am Deutschen Volke"? Ja, bei der Rekrutengelobung, was hatte er da nicht alles geschworen? Bei Gott sowieso - „dr leeven Jott wor allt och wedder dobej"* -, hatte er geschworen, auf Adolf Hitler, den Führer des Deutschen Reiches und Volkes, hatte er geschworen. Unbedingten Gehorsam wollte er leisten und jederzeit bereit sein, zu sterben. „Jo, bej dem moot mer sich immer ducke, do hät mer kejne freie Welle mih. Söns worste dut."* Das war kein Manes met singer Band, dem man nur mutig in die Augen blicken musste, der aber doch immer noch ein Junge war, wie er, ein Junge, gegen den man sich wehren konnte. Im Übrigen war der Manes ja dann auch zu der großen braunen Bande übergetreten, die mit der Mitgliedschaft zugleich seinen Sadismus legalisiert hatte.

Bei dem Eid hatte dr Jupp eine vage, nicht greifbare Beklemmung empfunden. Er erinnerte sich gut. Das Gefühl kannte er immer noch. Wie in der Schule bei

13

Küppers hatte er sich abgemüht, die hochdeutsche Sprache über seine Lippen zu quälen. Aber der Singsang blieb. Der Eid klang weich und niedlich, bar des sonst so imposanten Pathos, einfach nicht mehr feierlich. Dr Jupp schämte sich seiner Kölschen Muttersprache. Nein, deren Gebrauch war kein Widerstand gewesen, wie später so einige seiner Vorgesetzten vermutet hatten. Er hatte sie nicht der Lächerlichkeit preisgeben wollen. Er hatte nie auch nur an Widerstand gedacht, sondern einfach nur gehorcht. Und dessen schämte sich der 84-Jährige heute, wie er so dastand, das Gesicht dem Bunker zugewandt. Andere hatten sich gewehrt – das wusste er wohl. Sein Freund, der Hans, zum Beispiel.

III.
E Jeschenk

Joseph Zehnpfennig drehte sich kopfschüttelnd vom Bunker weg und ging langsam und aufrecht in Richtung der Straße „Am Rosengarten", wo er rechts abbog. Mit der linken, freien Hand rückte er seine dunkle Brille zurecht, was den Blick auch nicht schärfte. Dahinten war St. Dreikönigen, die Kirche, in der er zur Kommunion gegangen war. Damals war sie gerade mal zwei Jahre alt gewesen und hatte sonderbar und irgendwie befremdlich auf ihn gewirkt mit ihren neuartigen Formen. Den Kommunionanzug hatte seine Mutter an der Tretmaschine aus einem alten Anzug seines

Vaters genäht. Der Stoff war schon ein wenig speckig gewesen. Trotzdem fühlte sich dr Jupp feierlich, als er mit den anderen Kommunionkindern, die brennende Kerze in der Hand, in einer Prozession zum Altar zog. „Großer Gott, wir loben dich" sang die Gemeinde. Die Kirche war zum Bersten voll. Die Frauen schnäuzten sich beim Anblick der Kinder in die verwaschenen Taschentücher. Dr Jupp schmetterte laut mit. Dr Jupp liebte nämlich die kirchlichen Gesänge, besonders die getragenen, feierlichen. „Fest soll mein Taufbund immer stehen", „Oh, Haupt voll Blut und Wunden", „Maria, breit den Mantel aus". Dr Jupp sang sie mit Inbrunst. Und wenn er sang, wurde er ein anderer Junge, ein neuer, ein guter Junge. Er war nicht mehr dr Jupp, der sich um ein Dillendöpche* prügelte, der fluchte, wenn er beim Murmelspiel seine Lieblingsmurmel verlor, der dem Gegner beim Foßballspille auf dem Platz ein Beinchen stellte, der Wiesen in Brand setzte, der seine jüngste Schwester am Zopf zog – „Maaaaam! Dr Jupp ärjert mich allt wedder!" - der vollgespritzt mit Schlamm nach Hause kam und seiner Mutter hinter deren Rücken die Zunge herausstreckte, wenn sie mit ihm schimpfte, der trotzig grinste, „wenn singe Pap im de bläcke Fott verhaue wollt."*

Joseph Zehnpfennig lächelte bitter. Sein Vater, gelernter Maurer, der auf Grund seiner Kriegsverletzung gezwungen war, zuhause untätig herumzulungern, hatte oft allzu jähzornig auf die im Großen und Ganzen harmlosen Streiche seines jüngsten Sohnes reagiert. Auf die halb geflüsterten Bitten der Mutter hin:

15

„Es jetzt jot, Hein! Losset sin! Loss dä Jong!", hatten sich der Rhythmus der Schläge und ihre Wucht nur noch verschärft. Solange tanzte der Stock auf dem Jupp herum, bis die Mutter schließlich den Raum verließ, die ein oder andere der drei Schwestern hinter sich herziehend. Erst dann hielt der Vater erschöpft und atemlos inne, mit einem hilflosen Gesichtsausdruck, der zugleich Bestürzung und Beschämung über die eigene heftige Reaktion zu verraten schien. „Jangk!"*, war dann das Einzige, was dr Jupp noch zu hören bekam, bevor er schnell unters Dach verschwand, wo er sich mit seinem älteren Bruder eine winzige Kammer teilte.

Versonnen blieb Josef Zehnpfennig stehen. Gestützt auf den ungeliebten Stock suchte sein Auge die Umrisse des Kirchturms zu erfassen. Einer in der Gemeinde hatte den guten Jupp, den anderen Jupp wahrgenommen und offenbar erkannt, dass die Inbrunst des Jungen nicht dem „Herrjott" galt, sondern der unwiderstehlichen Gewalt der Musik. Dieser eine war ein Musikstudent gewesen, die rechte Hand des damaligen Organisten und Chorleiters. Auch er hatte seine Seele der Musik verschrieben. Die Orgel auf der Empore ließ ihn nicht nur architektonisch über dem Irdischen schweben. Es war ihr eigenwilliger Klang, der ihn jedes Mal in andere, göttliche Sphären hob. So hatte er es dem Jungen einmal erklärt, auf dessen ungewöhnlich innigen Gesang er aufmerksam geworden war. Es war keine besondere Orgel, die der junge Organist bearbeitete. Bis 1935 musste die Gemeinde auf den Einbau der großen Stahlhut-Orgel warten und viel später, in den 80er Jahren – wie Joseph Zehnpfennig sehr wohl wusste – war sie durch eine Sauer-Orgel mit 44 Registern ersetzt worden. Dr kleine Jupp war noch nie zuvor in seinem Leben mit solch flammenden, überschwänglichen Reden wie denen des enthusiastischen Musikers konfrontiert worden. Der Student mit seiner Leidenschaft war ihm halb lächerlich, halb unheimlich erschienen. Zugleich versetzte ihn die Begeisterung des jungen Mannes in innere Aufruhr. Nach einem Gottesdienst hatte der Kirchenmusiker den Jupp auf die Empore gebeten. Dort ließ er ihn vorsingen und begleitete ihn leise und zurückhaltend auf der Orgel.

Ein breites Lächeln erschien auf dem runzligen Gesicht des Joseph Zehnpfennig, das seine gesamte Erscheinung plötzlich jungenhaft und kraftvoller erscheinen ließ. Damals hatte er gedacht, es wüchsen ihm Flügel, als er so allein mit heißen Ohren neben dem Organisten stand, sang, sang, sang und sich sein gesamtes Innere weitete, weitete, bis er vor Glück zu platzen meinte.

Es hatte eine ganze Weile gedauert, bis die Eltern erlaubten, dass ihr Jupp Unterricht von dem „Verröckte" erhielt „Dem spillt et em Ovverstüffjc"* „Dat es ne Schwadronör!" Seine Eltern waren nicht gerade das, was man als streng katholisch hätte bezeichnen können. Es war in Köln einfach selbstverständlich, die Kinder taufen zu lassen. Auch gegen ein Altärchen als Schmuck am Fenster oder an der Haustür, wenn die alljährliche Fronleichnamsprozession vorbeizog, war

17

nichts einzuwenden. Und schließlich waren sie als Kölner Handwerkerfamilie auch noch Mitglied im Kolpingwerk, wenn auch nicht aktiv. Trotzdem war das Interesse des jungen Hilfs-Organisten an ihrem Sohn dem Ehepaar Zehnpfennig nicht geheuer, wenngleich sie auch stolz waren, dass ihr „Jüppchen von ´nem studeeten Här" ausgewählt worden war, auch wenn dieser ihnen nicht ganz normal zu sein schien. Hin- und hergerissen zwischen zwei Welten siegten schließlich, wie oft in der Familie Zehnpfennig, die Offenheit und Neugier der Mutter: „Jecke sin och Lück un jede Jeck es anders"*, gepaart mit der Meinung des Vaters: „un jet ze liere, hätt noch kejnem jeschad.".* Und so ging dr Jupp von seinem 10. Lebensjahr an einmal wöchentlich zu dem Herrn Studenten der Musik, um dort Gesangs- und Orgelunterricht zu erhalten. Zwei Jahre dauerte diese glückliche Zeit, bis der junge Hilfs-Organist zu Beginn des Jahres 1933 plötzlich verschwand.

Doch bevor dr Jupp seinen Lehrer und Mentor für immer aus den Augen verlor, machte ihm dieser ein Geschenk, das Jupps Leben verändern sollte. An einem grauen Januartag – Joseph Zehnpfennig erinnerte diesen Moment bis ins kleinste Detail – hatte der junge Musikstudent aus einer Ecke der Empore einen grauen, seltsam bucklig geformten Koffer hervorgeholt und ihm in die Hand gedrückt. „Das ist für dich, Joseph – zum Abschied. Morgen werde ich nicht mehr hier sein. Pack es bitte erst zuhause aus. Behalt es wohl, als Erinnerung an mich. Es ist dein eigenes, kleines Orchester, das du überallhin mitnehmen kannst und das dich begleiten wird, wohin du auch gehst. Und jetzt leb wohl."

Zuhause im Jungenzimmer hatte dr Jupp, während der Regen aufs Dach trommelte, den grauen Koffer vorsichtig vor sich auf den Boden gelegt und mit einem Klicken der Scharniere geöffnet. Darin lag ein Akkordeon.

Noch immer stand Joseph Zehnpfennig wie erstarrt am selben Platz, das Gesicht der Kirche St. Dreikönigen zugewandt. Sein Atem ging schwer.

IV.
Dr Quetschenbüggel

Wie der treue Husar, die Figur auf dem neuen Springbrunnen, war dr Jupp unerwartet der stolze Besitzer einer Ziehharmonika geworden. Dr Quetschenbüggel war von nun an sein ständiger Begleiter. Nach Schulschluss rannte dr Jupp nach Hause, ließ seine verblüfften Freunde stehen, vernachlässigte das Fußballspiel, schlang in der Küche das Essen hinunter und verschwand unters Dach. Dr Pitter, sein älterer Bruder, beschwerte sich bitter „övver dr Kraach en singer Bud"*, aber die Mutter, die Musik liebte, verteidigte ihren Jüngsten. „Loss et Jüppche. Dat es vör de janze Familich joot!"* Und so kämpfte dr Jupp mit dem Instrument, das ihm so gar nicht gehorchen wollte. Was hatte er nicht für Jähzornsanfälle beim ersten

19

Üben bekommen: Auseinanderziehen und Zusammendrücken des Balgs, gleichzeitig den Diskant rechts und die Bässe links spielen! Er hatte keinerlei Anleitung erhalten, nur einige alte Notenblätter mit Weihnachtsliedern und Stücken von Bach, die im Koffer gelegen hatten. Es dauerte einige Tage, bis dr Jupp den kleinen Hubbel beim C-Akkord mit dem Mittelfinger erspürte. Aha! Es gab eine Orientierung. Von hier ausgehend, konnte er die einzelnen Akkorde blind ausfindig machen. Aber die Koordination wollte und wollte einfach nicht klappen! Nach wochenlanger Schweißarbeit gelang es ihm schließlich „Oh du Fröhliche" zu spielen – mitten im April. Das wurde selbst dr Mam zu viel. „Nä, Jüppche, nit allt wedder et Hellije-Ovends-Jedudels! Do weste jo jeck! Spell doch ens Fröhlingsleedcher!"* Und dr Jupp spielte Frühlingslieder „Im Märzen der Bauer", „Der Mai ist gekommen", „Komm lieber Mai und mache". All die Lieder, die sie vom Lehrer Küppers in der Schule gelernt hatten, spielte er nach Gehör.

Und – den Gassenhauer „Auf der Mauer, auf der Lauer". Wenn er diesen spielte, legte er einen weißen Kiesel vor sich auf den Boden, als handele es sich bei ihm um einen Zuhörer.

Dr Jupp hatte das Akkordeon gezähmt. Es war sein kleines Orchester, wie sein Mentor es ihm verheißen hatte. Mehr noch: Dr Jupp verschmolz mit seinem Instrument, wiegte sich beim Spiel mit dem Öffnen und Schließen des Balgs hin und her, neigte den Kopf hinab zu dem rot glänzenden Korpus wie zu einer Geliebten und schloss dabei die Augen. Vielleicht war es doch anders. Vielleicht hatte nicht er das Instrument, sondern das Instrument ihn gezähmt?

Joseph Zehnpfennig schnaubte heftig, seine verquollenen Augen schwammen in Tränen. Er wischte unter dem dicken Rand der Brille über sie hinweg, wandte sich jäh um und bog in den Holunderweg rechts ab.

V.
Em Bunker

Direkt am Zaun des Eckhauses blieb Joseph Zehnpfennig jedoch wieder stehen. Aus der Hosentasche seiner sorgfältig gebügelten Anzughose angelte er mit seiner linken Hand ein gewaltiges, kariertes Taschentuch, in das er sich heftig schnäuzte. „Nit jetz och noch kriesche. Häs allt jenoch jekresch en dingem Levve!"*

Nachdenklich lehnte er seine Stirn an den Gitterzaun des Eckhauses und starrte scheinbar ins Leere. Von hier aus hatte man einen Einblick in den Garten des Hauses, der ein Stockwerk tiefer, also unterhalb der Erdoberfläche lag, so dass aus dem früheren Keller ein Souterraingeschoss mit Fenstern entstanden war. Aus seinen Gedanken allmählich erwachend, starrte Joseph Zehnpfennig missbilligend hinab auf den verschwommen vor seinen Augen liegenden Garten. „Wat die all maache met denne Hüsjer! Se versaue se mit Färv! Se mole se ruut, jrön, jäl un wat nit all aan! Et es en Schand!"* Er schnaubte verächtlich und stierte böse auf den Garten.

Tatsächlich war die Siedlung im Laufe der 90er und 2000er Jahre bunt geworden. Mit dem Zuzug junger Familien war der frühere hellbraune Putz der Häuser farbenfrohen, mitunter auch grellen Fassaden gewichen. Aber seinen neuen Nachbarn hatte Joseph Zehnpfennig eindeutig zu verstehen gegeben, dass die Mauer ihres Anbaus zu seinem Garten hin die alte, braune Farbe erhalten müsse. Dies hatte er zur Bedingung gemacht, als sie um seine Genehmigung für einen Anbau gebeten hatten. Die neue Uneinheitlichkeit der Häuser behagte ihm nicht. Dass die Obrigkeit diese Vielfalt zuließ, konnte er kaum glauben. Hier wurde seine Heimat zerstört. Sein Zuhause. Überall um ihn herum wuchsen Anbauten, Gauben, überdimensionale Gartenhäuser und er selbst war zur Hilflosigkeit verdammt. Einerseits war er ein unternehmungslustiger Mensch und es juckte ihm in den Fingern, auch etwas Neues zu gestalten, andererseits empfand er das Neue, Fremde als beklemmend und übergriffig. Er selbst war zu alt und zu schwach, um noch mitzuhalten. Und diese Leute kannte er nicht, auch wenn sie ihn höflich grüßten. Und jetzt hoben sie auch noch die Keller aus! Kriegten sie denn nie genug? Sie hatten doch höchstens zwei oder drei Kinder! Wofür brauchten sie so viel Raum? Früher hatten hier in den Häusern doch Familien mit zum Teil 10 oder mehr Kindern gewohnt. Und der Platz hatte gereicht! Den Keller ausheben….

Joseph Zehnpfennig schüttelte den Kopf. Im Keller hatten sie Schutz gesucht. Dicht aneinander gedrängt hatte er mit seiner Mutter, Mathilde und der jüngsten seiner Schwestern bei Bombenangriffen dort gesessen. „Mer öwwerlewwe oder sterve zesamme"*, hatte die Mutter stets gemurmelt. Er hatte nach seiner Verletzung 1944 Heimaturlaub erhalten und seine „Heimat" kaum wiedererkannt. Längs der Venloerstr. waren die Häuser der gerade erst in den 20er Jahren gebauten Siedlung Bickendorf II bei einem Bombenangriff 1942 in Schutt und Asche zerlegt worden. Überall, wo er hinkam, begegneten ihm Trümmer und Zerstörung.

In den Kellern ihrer Häuser gab es Durchbrüche zu den Nachbarhäusern. Im Falle einer Bombardierung konnte man so durch alle Keller laufen, um sich zu retten. „Un immer wor mingen Quetschenbüggel dobej." Wenn die Einschläge näherkamen, bat Jupps Mutter ihn zu spielen. „Jüppchen, spell ens jet!" Und dr Jupp spielte, je lauter das Getöse, um so lustiger, wilder wurden die Weisen. „Wenn die bunten Fahnen wehen", „Im Frühtau zu Berge".

Einmal war das kleine Käthchen vom Nachbarn da gewesen. Sie hatte um ein paar „Quallmänner"* gebeten. Die Familien hier halfen sich untereinander, so gut sie konnten. Und jetzt saß das Käthchen mit in ihrem Keller, strahlte den Jupp an und klatschte den Takt mit den kleinen Händen mit. Für sie war der Angriff ein freudiges Ereignis und ihre Fröhlichkeit wirkte auf alle ansteckend. Wie ein Volksfest mutete das Zusammensein an. Und dann war alles vorüber. Das war das

23

Unwirkliche an den Angriffen. Der Tod schien zum Greifen nah und war dennoch nicht fassbar. Wie die Bedrohung kam, so ging sie auch wieder und mit ihr lebten die Menschen. Die Bedrohung war alltäglich geworden.

 Nach der Entwarnung wollte die Familie gerade die steile Treppe nach oben in die Küche hochgehen, da buchstabierte die unschuldige Siebenjährige, stolz auf ihre neue Fähigkeit, die Inschrift auf der Kellerwand: T- R- E- U – treu – K - O - L - P - I - N - G – kolping. „Wat es dat – Kolping?"

„Öm Joddeswelle, Kättche!", jammerte Jupps Mutter, „Dat es ene Jroß."* – „Esu wie Heil Hitler?", wollte das Käthchen wissen. „Nä, Kättche, dat därfste nit sage! Saach do ens immer `Heil Hitler`! Dann beste brav." – Äwwer minge Mam hät jesaat, et weet all Zick, dat mer all widder ens Joode Daach sage."* Entsetzt nahm die Mutter das Kind beiseite, versprach ihr eine Belohnung, wenn sie lieb sei und immer nur „Heil Hitler" sage. Die Kleine brachte sie alle in Todesgefahr, jetzt wo die Gefahr durch den Bombenangriff gerade vorbei war.

„Jo, dä Kolping! Dr Jroß `Treu Kolping` hätte se nüngzehndrissich injeführt. Un dä Pap hätt dä Jroß dreiundrissich an de Wäng em Keller jemolt."* Joseph Zehnpfennig sah seinen stummen, verzweifelten Vater vor sich, sah dessen rot angelaufenes Gesicht, die geschwollene Halsschlagader, hörte das Schnaufen, roch die Alkoholfahne. Wenn sein Vater in diesem Zustand war, ging man ihm besser aus dem Weg. Aber an diesem Tag kurz nach der Wahl der Nationalsozialisten, die in Köln immerhin 33% der Stimmen erhalten hatten, war sein Vater, ohne ihn oder andere zu beachten, schnurstracks mit einem Eimer Farbe in den Keller gestapft, um dort den Kolpinggruß an die Wand zu pinseln. Ein hilfloser, ohnmächtiger Protest. „Dä jing nit zem Laache en dr Keller, sondern zem Mole".* Das Jahr 33. Ein Einschnitt. Für das Kolpingwerk wie auch für Gewerkschaften und andere Arbeiterverbände. Die Gesellenvereine des Kolpingwerkes mussten ihre politische Tätigkeit einstellen und sein Vater, Mitglied im Gesellenverein, schlug mit der Faust auf den Küchentisch und pinselte den Kolpinggruß an die Kellerwand. Nicht mehr und nicht weniger. Um ein endgültiges Verbot zu vermeiden, hatte man für die Gesellenvereine später den neuen Namen „Kolpingfamilie" gewählt, um deutlich zu machen, dass man sich als katholische Vereinigung nur noch um familiäre Angelegenheiten kümmerte. So war man – anders als „die Rude"* – in den ersten Jahren einer Verfolgung entgangen und geduldet worden. Trotzdem waren 1944 Heinz Richter und Theodor Babilon, zwei führende Vertreter der Kölner Kolpingfamilie, erst zur Gestapo am Appellhofplatz verfrachtet und kurz darauf in KZs deportiert worden. In Köln hatte sich das schnell herumgesprochen. Natürlich auch in Bickendorf. Und man duckte sich noch tiefer. Nur nicht auffallen. „Halt ding Muhl!"*, sagte sich jeder, wenn andere, Kollegen, Nachbarn, Freunde, sogar Familienmitglieder verschwanden. Auch Jupps Familie hatte sich

25

diese Devise zu eigen gemacht. „Dat künne die hück doch ja nit verstonn! Die künne jo jet verzälle, de Muhl oprieße vun wejen Widderstand. Die künne sech dat doch ja nit vörstelle!"*

Joseph Zehnpfennig krallte seine linke Hand wütend in den Zaun, den Blick immer noch grimmig auf den tiefer liegenden Garten gerichtet. Ganz allmählich erst löste sich seine Umklammerung, sein feindseliger Gesichtsausdruck entspannte sich und ging in ein stilles Lächeln über. Der Heimaturlaub. Da hatte er sie wiedergesehen. Sein pfiffiges Mädchen. Unterwegs mit seiner Mutter und seinem grauen, buckligen Koffer waren sie abends auf ihrem Heimweg von einem Alarm überrascht worden und hatten sich zügig zum nahe gelegenen Hochbunker begeben. Und dort – unter all den verängstigten, graumüden Gesichtern hatte er das ihre sofort erkannt. Sie saß neben einem alten Mann, redete leise auf diesen ein und strich beruhigend über seine Hand. Schnell hatte dr Jupp seine Mutter im Gedränge dorthin gezogen, um seinem Mädchen – inzwischen war sie eine junge Frau von Anfang 20 geworden – möglichst nahe zu sein.

Joseph Zehnpfennig runzelte die Brauen. Fast blind wie er war, sah er Marie genau vor sich: Schmal und blass war sie geworden, womöglich noch schmaler und blasser, als er das kleine Mädchen in Erinnerung gehabt hatte. Ihre Züge strahlten nichts Freches, Gewitztes mehr aus. Vielmehr lag ein melancholischer, fast schon resignierter Schatten auf ihnen. Und dann diese plötzliche Verwandlung!

26

Joseph Zehnpfennig legte seine große linke Hand auf die Lippen, wiegte ungläubig seinen Kopf hin und her. Ein Schluchzer schüttelte ihn.

Ja! Auch dort hatte er Akkordeon gespielt. Inmitten der vielen Menschen, der stummen Alten, der wimmernden Kinder, der stumpf vor sich hinblickenden Gestalten, der betenden Frauen, hatte er – als er es schon nicht mehr auszuhalten glaubte – sein Akkordeon ausgepackt und zu spielen begonnen. Unter näherkommenden Donnerschlägen und den jedes Mal ängstlicher werdenden Schreien spielte er. Diesmal – so nah bei ihr – wählte er sanfte, ruhige Töne. „Guten Abend, gute Nacht", „Der Mond ist aufgegangen" „Wenn isch nur an ming Hejmot denke" Einige Leute hatten begonnen, die bekannten Melodien mit zu summen, erst leise, dann lauter werdend, wiegten sie sich im Takt der Lieder hin- und her. Es schien, als hypnotisiere er sie alle, wie man Kinder mit einem Wiegenlied beruhigt. Seinen Blick hielt er in Maries Richtung, wagte jedoch nicht, sie direkt anzuschauen. Und dann spielte er „Wenn ich ein Vöglein wär" und sah ihr kurz in die Augen. Sie strahlte ihn an! Alles an ihr hatte sich verwandelt. Jede Traurigkeit war aus ihrem Gesicht gewichen, ihre Augen funkelten und etwas Schalkhaftes lag in ihnen. Als er seine Augen blitzschnell wieder gesenkt hatte und spürte, wie das Blut in seinen Kopf schoss, hörte er ihr Pfeifen. Er wusste, dass nur sie es sein konnte – mit dieser Kunst konnte selbst Ilse Werner nicht mithalten. Mitten im Bunker, während die

Bomben fielen, trillerte sie, einen Vogel gleichsam nachahmend, das Lied.

Wieder zuhause, wo Mathilde sie schon erwartete, hatte sich seine Mutter verächtlich geäußert: „Mädcher, die fleute, un Höhner, die krihe, soll mer bei Zigge dr Hals erömdrihe."*

VI.
Huh en dr Luff

Joseph Zehnpfennig spitzte seine Lippen, denen nur ein schwacher Ton entwich. Nein, Maries hohe Kunst des Pfeifens hatte er nie erreicht. Aber zum Lachen hatte er sie bringen können, so dass ihre trillernden Töne versiegten und ihre Lippen erst beim Küssen wieder zu einem Spitzmäulchen wurden, nachdem sie beide sich sattgelacht hatten.

Am Butzweilerhof hatte dr Jupp sie zum ersten Mal lauthals lachen hören. Es war ihre zweite Begegnung gewesen. Lehrer Küppers hatte sich mit der gesamten Klasse in Richtung Flughafen auf den Weg gemacht. Anlässlich des Rheinlandbefreiungsfluges hatten sich zehntausende Menschen am Butzweilerhof versammelt. Flieger aus ganz Deutschland führten am 4. und 5. Juli 1930 ihre Flugkünste vor. 10 Jahre waren vergangen, bis das Rheinland wieder über die Lufthoheit nach dem Ersten Weltkrieg verfügte und die letzten britischen Besatzer Deutschland verlassen hatten. Es war ein feierlicher Akt. Sogar der Oberbürgermeister Konrad Adenauer war zu diesem Großereignis erschienen, wie auch alle Stars der Luftfahrt: Liesel Bach, Willy Stoer und wie sie alle hießen. An alle Namen konnte sich Joseph Zehnpfennig beim besten Willen nicht mehr erinnern. Aber an die Marie, an die Marie konnte er sich noch genau erinnern. Auch ihre Klasse war mit der Lehrerin unterwegs gewesen zum Butzweilerhof. Gemeinsam gingen sie die Rochusstr. entlang, allen voran Lehrer Küppers, der sich lebhaft mit seiner Kollegin unterhielt. Wie viele Menschen, strahlte er eine stolze, freudige Erregung aus. Die Kinder hatten Fähnchen zum Winken erhalten. Überall sah man strahlende Gesichter. Alt und Jung war auf den Beinen. Allmählich vermischten sich die in der Schule sonst so streng getrennten Jungen und Mädchen, und dr Jupp nutzte die Gelegenheit, um sich blitzschnell hinter die Marie zu drängen, die er gleich wiedererkannt hatte. Aufgeregt hinter ihr her stolpernd, sog er ihren strengen Geruch ein, einen erdigen, süßlichen Duft, vermengt mit frischen Schweißausdünstungen.

Joseph Zehnpfennig schloss die Augen, hob seine Nase in die Luft, atmete tief ein und vermeinte, augenblicklich Maries Duft und ihre Nähe zu spüren.

Aber sein Drängen hin zu Marie war leider nicht unbemerkt geblieben. Auch dr Manes war natürlich wie eine unvermeidbare Plage mit von der Partie. Und anstatt sich den Jupp vorzuknöpfen, nahm der Feigling sich die Marie vor, schubste den Jupp mit einer lockeren Bewegung seines Ellenbogens beiseite und landete mit einem geschickten Ausfallschritt neben der Marie. Als diese aber auf ihn und seine Annäherungsversuche nicht achtete, sondern ihren Gang beschleunigte, begann er sie an den Zöpfen zu ziehen, riss ihr schließlich das Fähnchen aus der Hand und warf es zu Boden. Was sollte dr Jupp machen? Der Manes war zwei Köpfe größer als er und doppelt so breit.

Natürlich rettete er Maries Fähnchen. Das war Ehrensache.

Und dann half nur noch et Flitschdinge.Im Flitschen war dr Jupp ein Meister. Das hatte er dem Pitter, seinem großen Bruder, zu verdanken, der ihm nicht nur das Bauen von Flitschboge, Flitschbüß und Flitscheding* beigebracht hatte, sondern auch, wie man damit effektiv umging.

Und dann hatte er den Manes so gekonnt mit einem Steinchen getroffen, dass dieser mit einer Wunde am Kopf vom Lehrer Küppers nach Hause geschickt werden musste.

„Zojejovve, dat wor nit ens motich un villeich och e beßje bangedressich."*

Joseph Zenhpfennig grinste bei dem Gedanken wie ein 10-Jähriger.

Natürlich hatte es viel Geschrei gegeben und Küppers drohte, den Übeltäter, der die feierliche, vaterländische Stimmung an diesem Ehrentage gestört habe, am nächsten Schultag grün und blau zu schlagen. Doch da dr Jupp, überzeugt von der Richtigkeit seines Tuns, angesichts dieser Drohungen nicht einmal rot wurde und dem Lehrer unschuldig in die Augen blicken konnte wie alle übrigen Unschuldigen, blieb es bei den Drohungen und man setzte den Weg fort.

Am Butzweilerhof angekommen, standen die Kinder dichtgedrängt nahe den Geräteschuppen in der Menschenmenge, weitab vom Flugfeld und den Honoratioren der Stadt.

Wieder hatte dr Jupp es geschafft, in Maries Nähe zu kommen, und während sie, wie alle anderen, den Kopf in den Nacken gelegt, das Wunder des menschlichen Fluges bestaunte, während die Menge mit vielen „Ahs" und „Ohs" das Mysterium der Technik kommentierte, schob dr Jupp der Marie sanft ihr Fähnchen in die Hand. Und als die Marie daraufhin alle Flugkunst vergaß und sich zu ihm umdrehte, wurde dem Jupp heiß und kalt zugleich und er konnte ihren Blick zum ersten Mal nicht erwidern. Zuviel war da, was ihn verwirrte.

Der Höhepunkt des Festes war die Ankunft des Luftschiffs LZ 127 „Graf Zeppelin", das auf dem Flugplatz landen und wieder starten sollte. Immer mehr Zuschauer strömten an den Rand des Feldes und nahmen den Kindern mehr und mehr die Sicht.

Wie sie beide schließlich auf dem Dach eines Geräteschuppens gelandet waren, ob sie ihn gebeten hatte, ihm hoch zu helfen, ob er es ihr angeboten hatte – Joseph Zehnpfennig wusste es nicht mehr. Tatsächlich aber hatten sie – wie etliche andere junge Menschen, die das Dach schon vor ihnen als Aussichtspunkt gewählt hatten – schließlich nebeneinander auf dem Dach sitzend, den Flug des Giganten mit offenen Mündern verfolgt. Zweimal landete und startete der imposante Zeppelin und flog hoch in der Luft über ihre Köpfe hinweg. Ein grandioses Schauspiel. Und Marie neben ihm hatte zu lachen begonnen. Da hoch oben! „Huh dobovve!"* Ein freies, glückliches, berauschendes Lachen, das sich wie ein Band um sie beide schlang.

VII.
Jeklatsch

Joseph Zehnpfennig richtete sein Gesicht gen Himmel, als könne er dort oben immer noch den gewaltigen Zeppelin erblicken. Eine Weile blieb er so stehen, starrte versonnen ins Leere und ging dann langsam den Holunderweg entlang Richtung Weißdornweg. An dem kleinen Platz, an dem der Holunderweg den Weißdornweg kreuzt, wurde er unversehens heftig von einem Ball an seiner rechten Schulter getroffen. Überrascht von dem harten Schuss, wankte Joseph Zehnpfennig kurz, konnte sich aber mithilfe seines Stocks gerade noch abfangen. Eine Horde Jungen lief johlend an ihm vorbei. Einer kickte den Ball vor sich her. „Isch kann die Pänz nit ligge!"*, murmelte dr Jupp grantig vor sich hin. Er selbst war kinderlos geblieben. Seine Nichten und sein Neffe kümmerten sich ab und zu um ihn, kamen vorbei, um angeblich nach dem Rechten zu sehen, tranken seinen Kaffee, unterhielten sich auf Hochdeutsch über seinen Kopf hinweg, öffneten unter dem Vorwand, aufräumen zu wollen, seine Schränke und morgen würden sie ihn in ein Altenheim bringen, weil er ihrer Meinung nach nicht mehr alleine zurechtkam. „Seniorenresidenz" nannten sie das. „Se sage, se welle mer helfe, dobei welle se nur et Huus!"* Joseph Zehnpfennig schnaubte verächtlich. Es stimmte, es war ihm schon einiges hinuntergefallen. Auch das Einkaufen fiel ihm allmählich schwerer, aber seine Wäsche wusch und bügelte er noch selbst. Darauf legte er größten Wert. „Sich nit hänge loße", war seine Devise. Da konnte es eben schon einmal passieren, dass er sich beim Bügeln – blind wie er war – Verbrennungen zuzog. Und sofort machten sie Theater, als sei er ein kleines Kind, zerrten ihn zum Arzt. „Un op eimol hejßet: ´Et es im nit jot, hä es krank` un esu wigger….äwwer et es nix unjesunder wie krank sin, un isch wor allt nie krank in mingem Levve!"* Und die Erkältung hatte er doch fast überwunden. Nur der Husten in der Nacht machte ihm noch zu schaffen. „Äwwer dat es nit denne ehr Saach!"*

Wieder erschien die Horde Jungs und rannte grölend vor und hinter ihm vorbei, wie er da so mitten auf dem Plätzchen stand. Sie hatten nicht so viel Raum, wie er und seine Freunde damals gehabt hatten. Überall standen oder fuhren jetzt Autos. Alles war zugestellt mit ihnen. Die von Büschen überwucherten Gässchen zwischen den Grundstücken der Häuser waren längst geschlossen und den Gärten einverleibt worden. Nur noch am Weißdornweg gab es am Spielplatz entlang diese herrlichen Schleichwege, die sie als Kinder so geliebt hatten. Hier hatten sie sich versteckt,

unbeobachtet von den Erwachsenen, Räuber und
Gendarm gespielt, sich gejagt und gefangen. Auch dr
Jupp hatte Fußball gespielt. Manchmal hatten sie sogar
auf einem richtigen Fußballplatz gebolzt. Auf dem
Platz des Sportvereins Schwarz-Weiss, Köln. Dorthin
hatte sein älterer Bruder, dr Pitter, ihn und seinen besten Freund Hans mitgenommen. Der Hans wohnte
„Am Fliederbusch", hatte ebenfalls viele Geschwister
und kam aus einer Arbeiterfamilie, wie so viele Bickendorfer Pänz. Sein Vater arbeitete bei Vulkan in
Ehrenfeld in der Eisengießerei. Eine schwere Arbeit.
Da mussten die Kinder raus, wenn der Vater müde
von der Nachtschicht kam. Die Häuser waren eh zu
eng für die vielen Menschen. Und so waren die Straßen, Plätze, Felder und Wiesen in und um Bickendorf
immer voller spielender Kinder.

Joseph Zehnpfennig schritt zögernd weiter, hielt jedoch gleich wieder inne. Den Sportplatz des Vereins
„Schwarz-Weiss" hatten sie ihnen weggenommen.
Einfach so. Dorthin hatten sie die Zigeuner verschleppt. „Zwangsumgesiedelt" hieß das. Der Sportplatz war 1934 zu einem zentralen Zigeunerlager um-
funktioniert worden. Die Jungs waren damals stink-
sauer gewesen. Nicht etwa über die Tatsache, dass
Menschen auf dem Platz eingepfercht wurden, sondern vielmehr darüber, dass man ihnen ihren Bolzplatz
genommen hatte. Die Zigeuner galten als „fremdras-
sig" und „asozial". Und viele Bickendorfer stimmten in
dieser Beurteilung mit der Ideologie der Nazis überein,
auch wenn sie als Arbeiter traditionell politisch rot

waren. „Die kläue wie die Rave! Nä, wat sin die dreckclich un fuul!"* Solche Beschimpfungen gaben die allgemeine Stimmung wieder. Seine Mutter hatte solchen Aussagen allerdings stets widersprochen, erinnerte er sich. „Dat sin Minsche wie mir. Die han och Sorje wie mir. Un dann üvverhaup: Mir all sin dem Herrjott singe Pänz."* Das Lager hatte einem Lagerkommandanten der SS unterstanden, der mit seiner Familie auf dem Gelände wohnte und die Hunderte von hinter Stacheldraht eingesperrten Menschen bewachte. Im Mai 1940 war das Lager dann „aufgelöst" worden. Ein Jahr, bevor der dr Jupp zur 15. Armee gekommen war. Erst nach dem Krieg hatten sie erfahren, dass die Menschen aus dem Lager in KZs deportiert worden waren. Vielleicht hatten sie es vorher einfach nicht wissen wollen? Joseph Zehnpfennig zog die Schultern hoch. Für einen kurzen Moment fühlte er sich sehr unbehaglich. Eigentlich hatte es ja auch nach dem Krieg keiner wissen wollen. Denn die Überlebenden aus den KZs, die Angehörige auf dem alten Platz zu finden hofften, waren zurückgekehrt. Wie Skelette hatten sie ausgesehen! Ausgemergelte Gestalten, die wild und unruhig um sich blickten, wenn man ihnen auf der Straße begegnete. Unheimlich waren sie. Kinder und Erwachsene gingen ihnen aus dem Weg.

Und bis in die 50er Jahre wurden sie auf dem Platz weiter kontrolliert und bewacht – diesmal allerdings nicht von dem ehemaligen SS-Kommandanten, sondern von dessen Bruder, der zu diesem Zweck von der Stadt als Platzverwalter eingestellt worden war.

35

Bei der Räumung des Lagers 1940 hatten viele der Anwohner zugeschaut, zum Teil sogar applaudiert, wie ihm später seine Mutter erzählte. „Die solle sich jet schamme! Fraulück un Pänz han se jeholt, die Nazis! – Un die Lück han ens en de Häng jeklatsch. – sojar et Lisbeth, die Mam vum Kättche!"*, hatte sie leise hinzugefügt.

Joseph Zehnpfennig atmete tief durch. Hatten vor kurzem nicht wieder Leute irgendwo geklatscht bei der Jagd auf andere? Er streckte seinen Rücken und ging entschlossen weiter. „Dat jeit mich abselut nix mih aan!" Er gehörte nicht mehr dazu, nicht mehr in diese Welt, die er nicht verstand und die ihn nicht verstand.

VIII.
Am Karesselche

Doch Joseph Zehnpfennigs Entschlossenheit währte nicht lang. Sein Schritt wurde nach und nach zögerlicher, langsamer. Und weiter schluffte der alte Mann, den Weißdornweg entlang Richtung Fliederbusch. Ja, er schluffte. Er war müde, müde von all den Gedanken, die ihn ungefragt anflogen und wieder verließen. Müde vom Gehen, das ihn inzwischen immer mehr anstrengte. Ein heftiger Hustenanfall ergriff ihn, schüttelte ihn durch, so dass er abermals gezwungen war, seinen Gang nach Hause zu unterbrechen. Wieder fischte er sein großes Stofftaschentuch aus der Hosentasche, um den Auswurf zu entsorgen, der im Hals steckengeblieben war. Niemals wäre ihm der Gedanke gekommen, auf die Straßen zu spucken. „Hück die Lück, die speie un speie op de Stroß. Se han kejn Anstand, kejn Benemme mih!"* Joseph Zehnpfennig sah sich böse um. Aber niemand spuckte in seiner Nähe auf die Straße. Trotzdem erstarkte er durch seine Wut wieder. Hätte er in seiner jetzigen Verfassung einen Speier in der Nähe erwischt, hätte er diesen womöglich mit seinem Stock vermöbelt. Stattdessen wurde ihm bewusst, dass er vor dem Haus der Familie Marchand stand. „Dat es Französisch un hejß `Kaufmann`", hatte ihm et Irmche, seine Schwester, auf dem Schulweg erzählt. „Äwwer dä es doch jar kejn Kaufmann!" „Enä, äwwer unser Vatter zallt jo och kejn Penninge un hejß Zehnpenning."*, hatte ihm Irmgard schlagfertig erwidert. Auf ihrem Schulweg gingen sie täglich am Haus der Marchands vorbei. „Et Jertrud un ehr klejn Broder. Wie hieß dr nochens?" Richtig, Lothar hatte er geheißen. Lothar und Gertrud Marchand. Die Gertrud war zwei Jahre älter als dr Jupp gewesen. Die ganze Familie war deportiert worden. Die Marchands waren Juden. „Deportiert" Wie das klang! So korrekt, so sauber – so kalt. „Die han se afjehollt!", hieß es bei den Erwachsenen im Veedel und niemand fragte weiter. Man huschte davon, ohne zu fragen, wer „se" eigentlich war. Nie sprach jemand aus, wer eigentlich die Menschen, ihre Nachbarn, wegholte. Das war unheimlicher als die Märchen, die die Mam dem Jupp erzählt hatte, als er noch klein war. Hier wusste man wenigstens genau, wer die Übeltäter waren: der Wolf, ein Drache oder eine Hexe. Das Böse hatten einen Namen, ein Gesicht und konnte identifiziert werden.

„Die han se afjehollt!" Wie oft hatte der Jupp die Erwachsenen das flüstern hören. Geflüstert wurde sogar in den eigenen vier Wänden. „Häste jehurt? Se han die Blomenthals afjehollt."

Die Blumenthals hatten am Akazienweg gewohnt, wie dr Jupp mit seiner Familie. Aus ihrem Haus in der Siedlung waren sie 1936 nach Ehrenfeld in ein „Judenhaus" verschleppt worden und dann verschwunden, wie so viele. So viele.

Joseph Zehnpfennig stand wie erstarrt vor dem Haus Nr. 36 am Weißdornweg. War das überhaupt noch die Realität? War das wirklich er, der diese Zeit erlebt hatte? Wie er da so stand zwischen den frisch renovierten Häusern, auf der gut asphaltierten Straße mit den vielen teuren, polierten Autos, die dort parkten, kam ihm seine Vergangenheit wie ein verschwommener, längst vergessener Alptraum vor. Unwirklich. Abgetrennt hinter einer milchigen Scheibe. Warum fielen ihm all diese Dinge gerade heute ein? Dinge, mit denen er sich nicht mehr hatte beschäftigen wollen. Die abgehakt waren. Ein für alle Mal!

Und doch ließen ihm die Toten keine Ruhe. Der Marchand war Schriftsetzer gewesen, der Blumenthal Standesbeamter. „Die Blomenthals, dat sin jode Minsche! Och wenn se esu löstich schwade. Mänchmol kann isch die nit verstonn. Un isch jläuv, die misch och nit."* hatte seine Mutter einmal kichernd wie ein junges Mädchen erzählt, als sie vom Einkaufen nach Hause kam. Sie hatte mit der Nachbarin, die aus Posen kam, „bejm Feinkost Knäpper op dr Eck Venloerstroß" ein Schwätzchen gehalten. „Dä Blomenthal, dä hätt Benimm. Dat es ene feine Här. Dä arbeit em Rothus."* Hätten sie ihn nicht zwei Jahre vorher geholt, dann wäre er es womöglich gewesen, der den Jupp und die Mathilde vermählt hätte. Joseph Zehnpfennig blickte starr vor sich hin. 1938 hatte er die Mathilde zur Frau genommen. Beide waren sie noch minderjährig gewesen. Dr Jupp hatte die Mathilde „bejm Karessellche kenne jelehrt. Aan Pingsmondaach. `Wann Pingste kütt, et Sönnche schingk.´"* Hieß es nicht so im Sprichwort? Von wegen. Für ihn markierte dieses Pfingstfest eher die Sonnenfinsternis seines Lebens.

Mit 15 hatte er begonnen, sich mit dem Akkordeonspiel neben seiner Lehre an Wochenenden Geld zu verdienen. Schnell sprach sich herum, dass der Zehnpfennigs Jupp gut und preiswert spielte und so bekam er immer häufiger Aufträge bei den unterschiedlichsten Gelegenheiten: op Huhzicksfiere, in dr Weetschaff an Fastelovend, om Schötzefeß un op dr Kirmes.*

„Morje fängk uns Kirmes an.

Hör ens dat Jebimmel.

Wäde meer e Levve han,

Wie nen Boor em Himmel."

Versonnen stand Joseph Zehnpfennig immer noch vor dem Haus Nr. 36. Seine Linke angewinkelt, als hielte er sein Akkordeon, wiegte er sich im Takt des Liedes hin und her. Mit dem rechten Fuß schlug er den Takt dazu. Die Augen geschlossen, lächelte er.

„Pingste", das war in Köln traditionell immer schon ein großartiges Fest gewesen, auch wenn die Nazis die Prozession nur noch auf dem Kirchengelände zuließen.

Im Juni 1938 hatte er am Karesselche gestanden und gespielt, all die alten kölschen Lieder.

Ehr Hähren un Mammselcher,
Kutt her vun fähns un noh,
Der Mann me´m Carussellche,
Pitt-Jüppchen, dä eß doh!
Pitt-Jüppche drieht am Rädche,
Sing Frau schleit de Trumm,
De Urgel hölt Janettche
Un Settchen de Lavumm.
Jedes Pähdche kritt ´ne Jung,
Füßche, Schimmel, Bläß ov Brung.
Tschimmla, tschimmla, hosassa,
*Tschimmla, tschimmla hosassa.**

Wehmut beschlich Joseph Zehnpfennig. „Minge Quetschenbüggel. Ming Quetsch." Wie eine Geliebte hatte er sie umarmend gehalten, alles vergessen, was ihn umgab, während das Karussell sich drehte, während auf dem Kirmesplatz die Jungen die Mädchen an sich zogen und zu seiner Musik tanzten.

Aber genauso jäh wie damals wurde Joseph Zehnpfennig auch jetzt in seiner Erinnerung aus seiner wehmütigen Träumerei gerissen. Eine Horde von Braunhemden, die trotz der inzwischen schwarzen Uniformen immer noch so genannt wurden, war grölend und betrunken inmitten der Menge aufgetaucht. Dr Manes mitten unter ihnen. Ob dr Jupp denn nichts Anständiges, Völkisches spielen könne? „Die Fahnen hoch", „Unsre Fahne flattert uns voran". Schon zerrte dr Manes am Quetschenbüggel. Unwillkürlich verkrampfte sich Joseph Zehnpfennigs rechte Hand, als müsse er immer noch seine geliebte Quetsch verteidigen. Aber da hatte unvermittelt ein Schlag den Manes am Hinterkopf getroffen. Und wie so oft in den letzten Jahren war sofort eine wütende Schlägerei entbrannt. Zwar waren die meisten Bickendorfer Roten inzwischen verschwunden, dennoch fanden sich auf der Kirmes noch genug Ehrenfelder und Bickendorfer, die „denne Brunge eine en de Freß schlage wollt"* − natürlich unter dem Vorwand einer „harmlosen", nicht etwa politischen Kirmesprügelei.

Ehe der Jupp an die Rettung seines kostbaren Instrumentes auch nur denken konnte, hatte sich eine zierliche Hand in die seine geschoben und zog ihn fort.

Es war Mathildes Hand gewesen. Jene Hand, die ihn am selben Abend im Park unter einem Busch so heftig befummelt hatte, dass er nicht mehr wusste, wohin all seine Sinne schwammen. Ja, die Mathilde, die hatte sich in diesen Dingen schon ausgekannt. Dr Jupp hingegen war ein blutiger Anfänger in Sachen „Jeschlächsverkehr" gewesen. „Isch han et Wödche `Sex` nit ens jekannt.".* Trotzdem war er an jenem Abend blindlings seinem Instinkt gefolgt − und der Hand von Mathilde.

41

Einziger Zeuge im Gras war „singen Quetschenbüg-gel".

Heiß und kalt überlief es den alten Mann noch heute bei dem Gedanken an diesen Pfingstmontag, der ihm zum Verhängnis werden sollte. Ein kurzer, übermächtiger Schwall von Lust, ein Taumeln, das ihn von Kopf bis Fuß erfasst hatte, ihn, der bisher noch nie mehr von einem Mädchen gesehen hatte, als den Ausschnitt. Nicht einmal bei seinen älteren Schwestern Ursula, Elisabeth und Irmgard hatte er je auch nur ein Stück Fleisch erhaschen können, auch wenn er seit der Pubertät so sehr darauf erpicht gewesen war. Und jetzt schwebten diese hellen Brüste über ihm, auf und ab und auf und ab und auf und ab und stürzten ihn in ein hilfloses, berauschendes Chaos…

Der Rausch hielt nicht lange an, dafür aber der auf ihn folgende Schock: Mathilde war schwanger, wie sie ihm einige Wochen später mitteilte.

Sein Vater und seine Mutter waren sich einig: „Et weed jehierot!"* Und so war dr Jupp – überrumpelt von einem Augenblick unmäßiger Begierde und Ahnungslosigkeit - im Alter von 18 Jahren innerhalb weniger Wochen nicht nur ein verheirateter Mann, sondern auch ein werdender Vater geworden. Und erst bei der Trauung in St. Dreikönigen vor dem Altar durchfuhr es ihn, wie ein Stich ins Herz, das bittere Wissen, dass er immer nur die Marie gewollt hatte.

IX.
Dä Engeländer

Einen Moment lang schaute Joseph Zehnpfennig gesenkten Hauptes vor sich auf den Asphalt, der glatt und abweisend vor ihm lag, wie es schien. Darauf wandte er sich nach rechts der kleinen namenlosen Gasse zu, einem Fußweg, den einige Bickendorfer liebevoll „die Kackjass" getauft hatten, weil Hunde von Spaziergängern hier nur allzu oft ihre dampfenden Geschäfte hinterließen. Der Weg verlief zwischen zwei Häuserreihen und verband den Weißdornweg mit dem Akazienweg.

Halb hatte Joseph Zehnpfennig die Gasse durchquert, als ein beißender Geruch von verbranntem Fleisch ihm in die Nase stach. Zugleich stieg ihm ein heftiges Würgen in die Kehle und er beschleunigte seinen Schritt, um dem plötzlichen Angriff zu entfliehen. Völlig atemlos und erschöpft blieb er jedoch an der Ecke Akazienweg erneut stehen. War es denn noch nicht genug? Ließen ihn die Gespenster der Vergangenheit denn nie los? „Die jrille un verbrenne Fleisch, jreulich stinkich Fleisch. Die han dr Kreech nit erleev!"*

Der Anblick des englischen Fallschirmspringers hatte ihn sein Leben lang verfolgt. Tag und Nacht. Auch jetzt stand das Bild wieder vor ihm: der halb verkohlte, nach verbranntem Horn stinkende Leichnam – ein absurdes Gebilde, entmenschlicht, gekrümmt, als sei der wütende Schmerz gleichsam in ihn hineingekrochen, leere, wie es schien, weit aufgerissene Augenhöhlen, der schwarz verbrannte skelettartige Kopf mit dem geschmolzenen Barret darauf, an dem noch dunkle Fetzen von Haut hingen, nach hinten gebogen, die Zahnreihe sichtbar, als schreie dieser Rest eines Menschen seine Klage, sein „Warum" gen Himmel. Und als sei dies das Einzige, was noch zähle, das aufgenähte, sonderbarerweise unbeschädigte Abzeichen der britischen Fallschirmjäger, inmitten des schwarz verkohlten Häufleins, der weiße Pegasus auf leuchtend rotem Grund.

Der Luft verpestende Gestank hatte sich an den Jupp gekrallt, bis heute. Und in seiner untrennbaren Begleitung das Bild des toten Soldaten als Sinnbild des Krieges.

Damals waren sie auf dem Rückzug gewesen. Gleich nach seinem Heimaturlaub war er 1944 zurückbeordert worden. Kurz vor den Kämpfen an der Scheldemündung war ihm der tote Engländer begegnet. Wie alt mochte er wohl gewesen sein? So alt wie er, dr Jupp, oder jünger? Hatte er Geschwister? War er verlobt oder verheiratet? Wartete auf ihn eine Frau? Und würde sie je erfahren, was mit ihrem Geliebten geschehen war? All diese Fragen stellte sich der Jupp immer wieder während der unendlich scheinenden, zermürbenden Stellungskämpfe an der Scheldemündung, im Raum Aachen, der Ruhr, während des Rückzugs zum Rhein – immer wieder dasselbe Bild, dieselben Fragen. Und erst bei der Vernichtung der 15. Armee im Ruhrkessel, bei der kurz darauffolgenden Kapitulation im April 45 fielen die schweren Gedanken zunächst von

44

ihm ab, als seien er und sein englischer Gegenspieler zur Ruhe gekommen, als sei er endlich der gewaltigen Bürde seiner Verantwortung, seiner Schuld, die er fühlte, enthoben.

Joseph Zehnpfennig atmete schwer. Seine Brust hob und senkte sich unter dem tadellosen Jackett heftig. Wie hatte er sich auf diesen Wahnsinn nur einlassen können? Wie hatten sie alle sich auf diesen Wahnsinn einlassen können?

1938 hatte er der ungeliebten Frau so schnell wie möglich entkommen wollen und sich gleich nach seiner Heirat mit Mathilde als Rekrut gemeldet. Sechzehn Wochen Schikane in Mülheim, in denen er geschliffen wurde, alles um sich herum vergaß, den Schmerz um den Verlust seiner geliebten Marie betäubte. Sechzehn Wochen Marsch- und Geländeübungen, Gefechtsdienst und Waffenkunde, um dann nur noch auf seine Einberufung zu warten. Nur weg von Zuhause.

Sechzehn Wochen, in denen die schwangere Mathilde im Akazienweg auf ihn wartete. Denn seine großherzige Mutter hatte Mathilde bei ihnen einquartiert. „Op ejne mih kütt et och nit mih aan. Mer han jenoch Plaatz em Huus. Un et Tilde trächt uns Enkelche ungerm Hätz."*

 Die beiden älteren Schwestern Ursula und Elisabeth waren auf dem Land im Arbeitsdienst. Und so zog die jüngste der Schwestern, „et Irmche", in die winzige Dachkammer der Jungen, während dr Pitter auf dem Sofa in der guten Stube schlief. So konnten „dr Jupp un sing Fru"* das größere Dachzimmer der Mädchen beziehen.

Aber der Wunsch nach dem ersehnten Enkelkind sollte nicht in Erfüllung gehen. Am Ende des Jahres 1938 wurde der gemeinsame Sohn vom Jupp und der Mathilde totgeboren. Die eilig herbeigerufene Hebamme konnte nichts mehr für das Kind tun. Jetzt ging es nur noch darum, die Mutter zu retten, die sich, geschwächt und kränkelnd, unterm Dach vergrub und immer schwermütiger wurde, bis Jupps Mutter ihren Sohn beiseite nahm. Sie selbst hatte zwei Fehlgeburten erlitten und konnte den Schmerz erahnen. „Su en ärm Dier! Nit, dat et sich e Leid andät. Dun ens met im schwade. Mer muß eine han, dem mer si Leid klage kann."* Aber wie sollte dr Jupp die Mathilde trösten, wo er doch selbst des Trostes bedurft hätte? Er hatte nicht nur seinen Sohn verloren, sondern stand auch unversehens vor der bitteren Erkenntnis, dass er umsonst geheiratet hatte, dass er an eine ungeliebte Frau gefesselt war. „Bes dat dr Dud üch scheid."*

Und so hatten dr Jupp und die Mathilde zwar unter einem Dach, aber nicht wirklich zusammengelebt. Damals war er mit dem Akkordeon in den Keller gegangen, um seinen Schmerz zu betäuben. Und singe Quetschenbüggel hatte ihn nicht enttäuscht. Er ließ den Jupp jedes Mal sein Leid vergessen, wenn dieser – leicht nach vorne gebeugt, dem Klang hinterherlauschend – seine Tasten streichelte.

X.
Dä Franzus

Grübelnd zog Joseph Zehnpfennig seine Brauen zusammen. Wie alt wäre sein Sohn jetzt? fünfunsächzig – ne ahle Mann. Ob er seinen Vater wohl auch ins Altenheim abschieben würde?

„Es och ejal! Et is wie et is. Isch kann et nimih ändere."*

Wie hatte er sich damals danach gesehnt wegzukommen, der Enge des Elternhauses, der dumpfen Stimmung unterm Dach zu entfliehen. Aber als es dann so weit war, musste er den geliebten Quetschenbüggel zurücklassen. Ein kleiner weißer Kieselstein ging mit auf die Reise.

Im Mai 1941 war er in die 15. Armee einberufen worden, Heeresgruppe A, Korps XXXVIII. Nie würde er das vergessen. Die Bezeichnungen hatten sich ihm eingebrannt.

Er hatte mehr Glück gehabt als dr Pitter. Der war in Russland geblieben, an der Ostfront. „Jeblevve. Dat isch nit laach! Als ob dä verreis wör, met nem Köfferche in de Häng!"* Joseph Zehnpfennig biss sich auf die Lippen, um den Schluchzer zu unterdrücken, der tief in ihm hochsteigen wollte. Ende 1942 erreichte ihn die Feldpost. Sein großer Bruder war in Stalingrad gefallen. „Jefalle! Hoppela!" Zorn erstickte den Schluchzer. „Dr Pitter!" Was hatten sie zusammen nicht alles gespielt! „Kaate, Flitschboge, Müsje fange, Afzälle, Räuber un Schanditz, Pattevugel opjelohße,

47

d´r Dopp schmecke un werfe un Foßball, Foßball, Foßball!"* Alles hatte er vom Pitter gelernt! „Un Mädcher ärjere! `Mam, d´r Pitter un d´r Jupp ärjere´!" Joseph Zehnpfennig grinste in sich hinein. Mit den abrupten Gedankensprüngen wechselte auch immer wieder sein Mienenspiel. Und gestritten hatten sie! Immer wenn er Akkordeon spielen wollte, hatte es Krach in der engen Dachkammer gegeben. Joseph Zehnpfennigs Gesicht schien einzufallen, als er daran dachte. Zu der Zeit, als sein Bruder gefallen war, hatte er, dr Jupp, in Frankreich Akkordeon gespielt. Ja, wahrhaftig! Mitten im Krieg hatte er ein Knopfakkordeon zu spielen gelernt.

Zur Sicherung der Kanalküste hatten sie in Nordfrankreich „gemütlich" Gräben ausgehoben, Wälle und Bunker gebaut, während andere, wie sein Bruder, in Russland verreckten. Von Dinard waren sie 1941 in die Normandie marschiert. Dort war er zusammen mit zwei Kameraden und dem befehlshabenden Offizier zur Bewachung eines Munitionsdepots abkommandiert worden. Sogar Französisch hatten sie dort gelernt. Zwar war ihnen der private Kontakt zu Franzosen untersagt, doch sein Vorgesetzter, ein junger Thüringer, von Beruf Feuerwerker, war ebenso abenteuerlustig und neugierig gewesen, wie der Rest des Trupps. Und so hatten sie abends als Besatzer das ein oder andere „Bistrot" besucht und sich zu verständigen versucht. Das Französische lag dem Jupp. Es schien ihm vertraut mit seinem Sing und Sang. „Parlä vu Fronsä? Amesemang, Miljöh, Bajasch, Passasch, Latän,

Paraplü, Malör, wat ene Kladderadaatsch."* Die Wörter waren vertraut, klangen nach Heimat, besonders das Wort „Accordéon". In einem der Bistrots hatte er die Bekanntschaft mit dem Knopfakkordeon gemacht. Ein junger Franzose namens Jean spielte es im „Chez Nanette".

„Dr Schan, dä kunt spelle! – Dä hätt en Visaasch – jrad wie ne Franzus, met singer Baskenmötz. Wie hejß dat nochens, wat dä jespellt hätt? - Müsett! Wat för en Musik! Mhtata, Mhtata, Mhtata."* Joseph Zehnpfennig summte mit gebrochener Stimme eine schnelle Walzermelodie vor sich hin, während er im Takt den Stock auf den Boden stieß. So stand er am Ende der Kackgasse. Ein selbstvergessener Greis, versunken in die Vergangenheit. „Mado – so hät dat Ledche jeheiße."*

Der junge Franzose Jean hatte ihm mit Händen und Füßen zu verstehen gegeben, wie der Diskant mit den Knöpfen zu spielen war. Er hatte ihm Lieder von Emile Vacher vorgespielt und ihm von einer ganz jungen, hochbegabten Akkordeonspielerin vorgeschwärmt, die Yvette Horner hieß. Jahre später hatte dr Jupp sie in Paris in einem Konzert bewundert. Dr Jupp begriff die Technik des Knopfakkordeons sehr schnell, aber die Triolen in den Achtelnoten des Musette-Walzers waren äußerst schwer zu spielen. Da versagten seine geübten Hände. So spielte er Jean und den anderen Franzosen im Bistrot seine Kölschen Lieder vor und lauschte aufmerksam Jeans Spielweise. „Die Kollaborateure" nannten seine Kameraden ihn und den Jean scherzhaft und grinsten.

49

Erst kurz bevor er wegen seiner Verletzungen ins La-
zarett musste, hatte er endlich gelernt, einige Musette-
Walzer zu spielen. Darunter „Mado", das er später in
„Marie" umgetauft hatte.

Ihr Munitionsdepot war Ende 43 in die Luft geflogen.
Warum, ließ sich nicht sagen. Erst nach dem Krieg
hatte dr Jupp darüber nachgedacht, dass es sich bei der
Explosion um Sabotage gehandelt haben könnte. Je-
denfalls waren er und sein Vorgesetzter mit dem Leben, dafür aber mit unzähligen Splittern in Nacken,
Rücken, und Beinen davongekommen. „Die Splittere
in mingem Rögge, die künne wandere, besser als wie
isch – die wandere nochens, wenn isch allt dud ben."*
Aber geblieben waren nicht nur die Splitter, sondern
auch Jeans Melodien.

XI.
Ungerwächs op d´r Stroß

Ein Laster ratterte durch den Akazienweg. Viel zu
schnell für die enge Straße. Joseph Zehnpfennig spürte
die heftige Erschütterung, wenn er auch das Geräusch
nicht vernahm. „Se versöke, d´r Wääch afzeköze, die
Säu. Dat han isch nie jemaht! He wunne doch Lück!"*
Wo war er nicht überall gewesen mit seiner Rundnase.
München, Hamburg, Amsterdam, Paris – die Welt
hatte er gesehen. Diesmal als freier Bürger, nicht als
Soldat.

Nach dem Krieg hatte er nicht in seinem Beruf als Schlosser arbeiten wollen. Die Vorstellung, jeden Tag Mathilde zu begegnen, ihrem verhärmten Gesicht, dem ewig vorwurfsvollen Blick, war für ihn unerträglich gewesen. – weg hatte er gewollt, nur weg, wie schon während des Krieges. „Se wor en jode Fru. Hätt dr Mam jeholfe, se wor flöck un fließich, äwwer…"* Joseph Zehnpfennig stockte. Mathilde hatte seine Mutter immer unterstützt, wo immer sie konnte: Als dr Pitter gefallen war, hatte sie Trost gespendet, als die Essensrationen knapp wurden, hatte sie im Garten geschuftet, um das Nötigste anzupflanzen und zu ernten, als dr Pap nach dem Krieg nur noch apathisch in der Ecke gesessen und Schabau getrunken hatte, obwohl das Geld hinten und vorne nicht reichte, war sie zur Stelle gewesen, um Jupps Mutter aufzubauen und sie mit dem wenigen Geld, das sie durch Tauschgeschäfte auf dem Schwarzmarkt verdiente, zu unterstützen. Sie hatte nichts falsch gemacht, außer – ja, außer, dass sie selbst die Falsche war.

Und so hatte er versucht, eine Stelle als LKW-Fahrer zu bekommen. Bis 1949 war er mit einem klapprigen, kleinen Mercedes für die Spedition Peter Josef Raum unterwegs gewesen. Im Führerhaus aus Holz hatte auf dem Beifahrersitz der graue Koffer mit dem Quetschenbüggel gelegen. Diesmal also war er mitgekommen.

Großmotorige Maschinen mit mehr als 150 PS hatten die Alliierten sowieso verboten. „Die han allt jewoß, dat do domet Panzer tranportere kanns. Die woren meßtrauich"* Erst nach der Währungsreform hatte er die phantastische Rundnase von Magirus gefahren.

Zunächst aber war er gemütlich mit seinem Kleinlaster von A nach B gejuckelt. Mit dem Daimler-Laster konnte er beim Wiederaufbau helfen. Innerhalb Deutschlands hatte er meist Baustoff, verwertbare Trümmerreste und Kies geladen. Es war eine schwere Arbeit, denn längst noch nicht alle Straßen waren freigeräumt von Trümmern oder gar neu belegt. Die Fahrten dauerten tagelang. Aber er liebte es, allein unterwegs zu sein.

Es war die Zeit, wo er Bach wiederentdeckte, den er als Junge auf der Kirchenorgel gespielt hatte. Was hatte ihm der junge Musikstudent nicht alles beigebracht. „Dä hätt mi Levve jerett. Ohne mingen Quetschenbüggel wör isch kapott jejange. Un isch han im nitens jedank."* Dort stand Joseph Zehnpfennig mit einem hilflosen Gesichtsausdruck an der Ecke des Akazienwegs. Was war aus seinem Mentor geworden? Er hätte wohl seine Freude daran gehabt, den Jupp auf dem Akkordeon Bach spielen zu hören.

An den Komponisten hatte sich dr Jupp erinnert, als er1953 mit seiner Rundnase zum ersten Mal durch den Elbtunnel fuhr, ein imposantes Bauwerk, das ihn enorm beeindruckte und das nach seiner Zerstörung im Krieg 1952 wiedereröffnet worden war. „E beßje bang wor mir äwwer doch, so deef unger dem Floß".*
Er hatte das Fenster seines neuen Lasters geöffnet und neben dem Gestank der Abgase das gewaltige Donnern der Plane, gepaart mit einem einzigen Brausen

und Rauschen vernommen, das ihn an das Balgwerk einer Orgel erinnert hatte. Abends hatte er seinen Laster dann unter einem abgelegenen Tunnel in der Stadt abgestellt, seinen Quetschenbüggel hervorgeholt und sich an den vergilbten Notenblättern versucht, die all die Jahre in dem grauen Kasten auf ihn gewartet zu haben schienen. Es schallte, schwang und tönte weithin. Die Töne regneten auf den Jupp herab und berauschten ihn.

Wie viele Tunnel, Unterführungen und Bogenbrücken in Europa mochten Jupps Bachspiel wohl beflügelt und verstärkt haben? „Isch wejß et nimieh – waat ens, do wor de Knippelbro en Kopenhagen, dat wor en Klappbröck un do wor de Passerelle en Páris und – nä, mih wejß isch nimih! – Endoch! Die Ungerföhrung en Münche. Dat wor em Herbs."*

Gleichsam in Trance hatte er sein Instrument bei Fugen, Phantasien, Variationen und Präludien wie ein Kind hin- und hergewiegt und sich alles von der Seele gespielt: den Krieg, die Zerstörung, den Hunger, den Schmerz, den Verlust seines Bruders und des besten Freundes, den Alkohol-Tod des saufenden Vaters, die gebrochene alte Mutter, die schweren Schuldgefühle und – seine unglückliche Liebe.

Es war 1954, als er nach langer Fahrt wieder zuhause ankam und seine Mutter ihm den Abschiedsbrief von Mathilde aushändigte. Joseph Zehnpfennig erinnerte sich Wort für Wort an die wenigen Zeilen:

53

Köln, 8. Mai 1954
Lieber Jupp,
es hat keinen Sinn. Ich habe alles versucht, um dir zu gefallen.
Aber es ist mir nicht gelungen. Ich verlasse dich.
Mathilde

Sie hatte auf Hochdeutsch geschrieben, wie sie es alle in der Schule gelernt hatten. Aber gerade das war es, was die Distanz zwischen ihnen auf seltsame Weise noch größer werden ließ. Er konnte ihre Stimme, ihren kölschen Singsang einfach nicht mit dem Brief übereinbringen, was die ohnehin vorhandene Fremdheit zwischen ihnen noch verstärkte. Auf das Drängen seiner Mutter, er solle seine Frau zurückholen, reagierte er kühl und verschlossen. Mathilde wollte gehen und er wollte sie gehen lassen. Er war frei. Mehr gab es nicht zu sagen.

„Ach Tilde, isch hoff, do bes jlöcklisch jewode ohne mich!"*

XII.
Fründe

Gedankenverloren zögerte Joseph Zehnpfennig immer noch an der Ecke der kleinen Gasse. Er fühlte sich müde und erschöpft. Müde von dem Fußweg, erschöpft von all den Gedanken, die ihm keine Ruhe ließen. „Isch ben allt ne ahle Mann un kann nimieh – ahl Iese, dat ben isch."*, murmelte er resigniert vor sich hin und wandte sich schließlich nach links, um noch die wenigen Schritte bis zu seinem Haus hinter sich zu bringen. Er wollte nur noch in sein Bett, schlafen. Nicht mehr grübeln, mit der Vergangenheit hadern. Er wollte zur Ruhe kommen und vergessen.

Vor seinem Haus angekommen, wandte er sich noch einmal der gegenüberliegenden Straßenseite zu, als könne er Menschen und Dinge erkennen. Er wusste: Dort standen die roten Backsteinhäuser der Gartensiedlung. 1927 waren sie wegen der großen Wohnungsnot gebaut worden. Aber vorher… „Jrön, jrön, alles wor jrön. Wiese un Felder, jroße Bäum – e Paradies."* Hans und er waren dort herumgestrolcht, waren auf Bäume geklettert, hatten Hütten zwischen Büschen gebaut. Keiner hatte sie kontrolliert. Die Erwachsenen waren viel zu beschäftigt gewesen. Freiheit! Und einmal – Joseph Zehnpfennig gluckste. Einmal hatten sie ein Feuerchen machen wollen. Im Hochsommer. Hans hatte Schwedenhölzer. „Isch han doheim Strichspönche am Ovve jeklemmp."* Eifrig hatten sie trockene Stöckchen gesammelt, übereinandergestapelt. – „Maach ens flöck ne Fidibus mit denne Schwäfelche!" –

Und dann hatten sie mit ihrem Fidibus das Ganze angesteckt. Hui!!! Hoch loderten die Flammen und ergriffen rasend schnell auch das vertrocknete Gras. Die Wiese brannte lichterloh!! Gerade noch so hatten sie der Feuersbrunst entspringen und um die Ecke rennen können. Von dort aus beobachteten sie atemlos die Löscharbeiten. Zuerst kamen die Menschen

55

von gegenüber mit Wassereimern gerannt. Und schließlich kam die Freiwillige Feuerwehr mit dem Löschzug und bekämpfte den Brand mit Schläuchen und Eimern. „Zom Jlöck hätte die jrad Automobile jekreech un kei Päd mih! Söns wör et schläch jelaufe."* Sechs Jahre alt waren sie da gewesen und waren sich vorgekommen wie zwei Verschwörer. Denn natürlich war der Brand das Gesprächsthema Nummer eins gewesen, ob in den Familien, den Geschäften oder in der Nachbarschaft. „Äwwer mir han nix verrode! Wat för unadich Frechsäck mir wore! Dat hätt och schiefjehe künne! Dobei hätt dä Fuss selvs usjesin wie ne Zündhölzje met singe rude Hoor un dä huhe, spier-ich Fijur."* Joseph Zehnpfennig lächelte liebevoll. Der Hans — sein bester Freund. Ein Hitzkopf mit einem ausgeprägten Gerechtigkeitssinn war er gewesen, schon als kleiner Junge. Überall, wo er Ungerechtigkeit auch nur witterte, hatte er sich lautstark eingemischt, ob dem Manes gegenüber, der Kleinere und Schwä-chere ärgerte, oder beim Lehrer Küppers: Der Hans riss seinen Mund auf, beschwerte sich lauthals und nahm die Stockhiebe, die ihn erwarteten, anscheinend seelenruhig in Kauf — anders als er, dr Jupp, der sich stets aus Streitigkeiten herausgehalten hatte. „Un dann kome die Nazis." Joseph Zehnpfennig starrte vor sich hin, als sähe er die grölenden Horden in den verhass-ten Uniformen noch vor sich. Schon vor 33 tobten in Ehrenfeld die Straßenschlachten. Hans´ Namensvetter, der Gewerkschaftsmann und frühere SPD-Abgeordnete Hans Böckler, der ebenfalls im Akazienweg wohnte, hatte seine Haustür von Innen mit Eisenstreben verstärkt, um damit einem gewaltsamen Überfall der Nazis entgegenzuwirken. „Als ob dat jet jenötz hätt – de Pooz verrammele!"* 1944 hatte dann auch kein Eisen der Welt mehr geholfen und Böckler hatte nach dem Attentat auf Hitler untertauchen müssen. Immerhin! Er hatte überlebt! Nach dem Krieg nahm er den Wiederaufbau der Gewerkschaftsbewegung erneut in Angriff.

Und sein Freund, der Hans? Wie hatte dieser den Jupp immer wieder beschworen, mitzukämpfen gegen die braune Brut. „Mir müsse uns wehre, Jupp! Die sin brutal. Dat es Jesocks! Die brenge Unfridde!"* Aber sobald Straßenkämpfe zwischen den Roten und Braunen ausbrachen, hatte der Jupp sich in seine Dachkammer verkrochen, sein geliebtes Instrument hervorgeholt und sich weit fortgespielt, in eine friedlichere, bessere Welt. Aber diese Welt hatte dem Hans nicht helfen können. Während der Jupp in der Grundausbildung nach dem Willen der Nazis seine Knie beugte, wurde der Hans in Buchenwald erschlagen.

XIII.
Die Dude

Joseph Zehnpfennig schloss die Augen. Wie erstarrt blieb er eine Weile stehen. Dann brach es aus ihm heraus: „Isch kunnt nix maache! Isch kunnt nix maache! Dojäje kunnste nix maache! Wat hätt isch denn maache künne? Nix! Nix! Nix!"*

All die Toten. Er war übriggeblieben. Er allein. Er öffnete die Augen und starrte auf die gegenüberliegende Straßenseite. Vor ihm lagen die Wiesen, Bäume und Sträucher aus früherer Zeit. Die Backsteinhäuser nahm er nicht wahr. Weit schien sich das Grün zu öffnen. „Jrön! Jrön! Alles jrön, bes nom Friedhoff dohinge!" Und da lagen sie. All die Toten, die ihn verlassen hatten: sein Vater, seine Mutter, seine Schwestern Ursula und Elisabeth, seine Nachbarn, einer nach dem anderen waren sie gegangen – und schließlich auch Marie. Die Gebeine seines Bruders lagen irgendwo im Osten, weit, weit fort. Und der Leichnam von Hans war als Rauchsäule in den Himmel gestiegen, verbrannt in den Öfen von Buchenwald. „Dä Herrjott hät mich verjesse! Woröm? Wooooröm?!"*

Jäh drehte sich Joseph Zehnpfennig um, taumelte kurz auf dem Treppenabsatz, schnaufte und angelte schließlich mit zitternder Hand das Schlüsselbund aus seiner linken Hosentasche.

„Mer soll de Dude en Rauh loße – Äwwer dann sulle die mich och ens en Rauh loße!"*

58

XIV.
Dä Katzekopp

Immer noch unruhig vor sich hinbrabbelnd, lehnte Joseph Zehnpfennig seinen Stock an die Hausmauer und versuchte, tief nach vorne gebeugt, das Schloss seiner Haustüre mit dem Schlüssel zu treffen. Erst nach mehreren, erfolglosen Versuchen stieß er den Schlüssel schließlich ungeduldig und heftig ins Schloss. Aber der Schlüssel ließ sich nicht drehen. Er klemmte im Schloss. „Do soll mich ens dä Deuvel holle! Dat es ming letzte Dach he in mingem Huus un ich kumm nit eren!"* Weiter stocherte, fummelte, hantierte, fuhrwerkte er mit dem Schlüssel im Schloss herum, während seine Wut wuchs und er zuletzt atemlos innehalten musste. „Isch ben nix mih wät! Nit ens de Pooz opschließe kann isch! Schäl, dauv, ahl, ne schlappe Käl, dä nix dauch! – … Äwwer –"* ein spitzbübisches Grinsen huschte über sein zerknautschtes Gesicht. Ja, er hatte ein jähzorniges Gemüt, beruhigte sich aber recht schnell wieder, war findig und gab sich nicht so schnell geschlagen. – Äwwer … dat Schloss he, dat dauch och nix!"* Es stimmte. War es etwa seine Schuld, wenn hier gefuscht worden war? Wenn jemand sein Handwerk nicht verstand? Erst vor kurzem hatten sein Neffe und seine Nichten das Schloss erneuern lassen. „Das ist ein Sicherheitsschloss, Onkel Jupp!", hatten sie stolz verkündet. – „Ha! E secher Schloss! Dat es so secher, dat nit ens dä Här vum Huus rinkütt!"* Im Gegensatz zu diesen Stümpern hatte er sein Handwerk verstanden.

„Dä Jung weed mol Schohmächer, jrad wie dä Adolph Kolping. Jode Schohn bruche de Minsche immer: Stivvel, Halfschohn, Häreschohn, Dameschohn, Kinderschohn, Huusschohn, Arbeitsschohn "*, hatte seine Mutter gesagt, als er noch klein war. „Un Ballschohn und Danzschohn!", hatte sein Vater erwidert und die Mutter lachend im Kreis herumgewirbelt, wobei sie in der engen Küche an Stühle und Hocker stießen – es war einer der wenigen Momente gewesen, in denen dr Jupp seine Eltern ausgelassen und fröhlich erlebt hatte. Aber dr Jupp wollte kein Schuhmacher sein. Und das machte er schon als Dreizehnjähriger seinen Eltern mit der ihm eigenen Leidenschaft und Sturheit deutlich. Schlosser wollte er werden. Metall war ein Material, das ihm gefiel: hart, kühl, glänzend, nahezu unzerbrechlich, also zuverlässig. Aus einem vagen Gefühl heraus verband der pubertierende Jupp mit diesem Beruf die Vorstellung von Männlichkeit, Schweiß, harter Arbeit. War das Akkordeonspiel Ausdruck seiner Seele, seiner Empfindungen, Träume, seiner Intimsphäre – seine Privatsache eben –, so wollte er im „richtigen" Leben zupacken, ein harter Kerl sein, nicht nähen, besohlen und kleben. „Wat wellste! Ne Katzekopp weede?"*, platzte seine Mutter heraus, als er das erste Mal seinen Berufswunsch äußerte. „Isch wäd keine Flickschoster!"*, antwortete dr Jupp daraufhin immer wieder, egal, welche Einwände von Seiten der Mutter kamen. Es war der Vater, der schließlich einlenkte. „Loss dä

Jung allt liere, wat hä well, Luisje! Dat es kein schläch Handwerk, et näht singe Mann. Die Lück bruche och Ieser, nit nur Schohn: Ieserbahne, Büjeliesere, Streckiesere, Waffeliesere…"* „Ach, Hein!", hatte die Mutter gelacht und damit war die Sache beschlossen. Mit 15 kam dr Jupp in Ehrenfeld in die Schlosserlehre beim erst vor zehn Jahren gegründeten Unternehmen Gublinsky.

Wahrhaftig, er hatte sein Handwerk gelernt. Joseph Zehnpfennig nickte wie zur Bestätigung einige Male heftig mit dem fast kahlen Kopf. Was hatten sie ihn dort hin- und hergescheucht. „Hück liere die doch ja nix mih!* Böse schaute er in Richtung des vertrackten Schlosses.

Und dann die Riten! „Jupp, kummens her!", hatte sein Meister den neuen Lehrling herbeigerufen und mit dem Hammer auf den Amboss geschlagen. „Do bes doch Musiker! Hürens, dr Amboss es verstemmp!"* Da staunte dr Jupp! Wie bewunderte er seinen Meister! Im Gegensatz zu diesem sah er selbst sich nicht in der Lage, herauszuhören, ob der Amboss verstimmt war oder nicht. Treuherzig hatte er auf seine Aufgabe gewartet. Meister und Gesellen hatten ihn in das Ersatzteillager geschickt, um Klangfett zum Stimmen des Ambosses zu besorgen. Der dortige Verwalter hatte den Jupp zuerst ernst angeschaut, sich dann schnell zum Metallregal mit den Ersatzteilen weggedreht und ein schnaubendes Geräusch von sich gegeben. Lachte er etwa? Mit rotem Gesicht hatte er sich dem Jupp wieder zugewandt. Das Klangfett sei aus. Dr Jupp

61

müsse ins Eisenwarengeschäft auf der Venloerstroß und neues kaufen. „Sag, dr Willi hätt dich jeschick!" Und auf seine Frage nach der Bezahlung: „Et weed alles anjeschrevve för unse Bedriev!"* Und auch auf der Venloerstr. hatten sie noch mitgespielt: Welcher Ton denn verstimmt sei, das A oder das C? Dem Jupp brummte der Kopf. Der Amboss hatte mehrere Töne? „Ja, Jung, häste denn nit dinge Meister jefroch? Do kann isch der nit helfe. Do mötste allt noch ens laufe un froge."* Wie hatte er sich geschämt! Mit hochrotem Kopf war er zurückgelaufen, wo schon alle anderen ihn lachend erwartet hatten.

Nein, er hatte sich nicht ausgelacht gefühlt. Im Gegenteil: Er war stolz! Er gehörte ja jetzt dazu, war eingeweiht und wirklich und wahrhaftig aufgenommen in die ehrbare Gemeinschaft der Schlosser.

Später, als Geselle, hatte er den gleichen Aufnahmeritus mit Lehrlingen vollzogen. So ging es bis heute in den Handwerksbetrieben. Und das war gut so. Diese Beständigkeit des Handwerks hatte etwas Beruhigendes für den Jupp in einer Welt, die sich in rasender Geschwindigkeit von ihm zu entfernen schien.

Bekräftigt durch diesen Gedanken, beugte sich Joseph Zehnpfennig noch einmal zum Schloss, zog den Schlüssel heraus und bespuckte ihn leicht. „Nur met Jedold und Speie kütt mer zo jätt".* Dieser Trick, so wusste er, funktionierte nur einmal. Im Anschluss würde er das Schloss reinigen und ölen müssen. Diesmal traf er sanft und einfühlsam das Schloss, drehte den Schlüssel, der sich „geschmiert" nun leicht

bewegen ließ, herum und öffnete die Eingangstür zu
seinem Haus.

„Jeliert es jeliert."*

XV.
De Moder

Joseph Zehnpfennig trat in seine Küche, die peinlich
sauber und aufgeräumt war. Er legte großen Wert auf
Ordnung. Wie sollte er sich, blind wie er war, zurecht-
finden, wenn nicht alles an seinem Platz lag? Aber
auch früher schon hatte er es seiner Mutter gleichge-
tan, die in einem Haushalt mit fünf Kindern ohne
Ordnungssinn und Organisationstalent gewiss unter-
gegangen wäre.

Den Stock stellte er direkt im Eingangsbereich in einen
Zinkeimer, der als Behältnis für Schirme und eben
seine Gehhilfe diente. „Ab in dinge Stehhilfe, du Jehhilfe! Dä! Dich bruch isch nit doheim!"*, sprach Joseph Zehnpfennig siegesgewiss. Hier zuhause fühlte er
sich vertraut, sicher und gefeit vor beängstigenden
Gedanken, die ihn auf dem Weg hierher immer wieder
überfallen hatten. Scufzend, weil ihn die Knochen
schmerzten, setzte er sich in den bequemen Ohrensel-
sel am Ofen. Ein Warmluft-Kachelofen, wie er in alle
Häuser der Siedlung mit eingebaut worden war. Durch
Lüftungsschächte, die man nach Bedarf öffnen oder
schließen konnte, wurden Räume im gesamten Haus
mitgeheizt. So musste die Mutter nur eine Feuerstelle

versorgen, was ihr viel Schlepperei von Briketts und Holz erspart hatte.

Wenn, ja wenn Briketts überhaupt vorhanden waren…

„Jupp, jangk noh Ihrefeld nom Jöderbahnhoff un frings e paar Klütte!"* Im bitterkalten Nachkriegswinter 1946 hatte der damalige Kardinal Frings an Silvester eine Jahrespredigt gehalten, die es in sich hatte und deren Inhalt sich in Blitzeseile bei den Kölnern herumsprach. Er nahm das 7. Gebot, „Du sollst nicht stehlen", zum Anlass, um den Diebstahl von Kohle kurzerhand zum „Mundraub" zu erklären In der Not dürfe man nehmen, was dem Überleben diene. Seit Wochen froren die Menschen zwischen den Ruinen, Lebensmittel und Heizmaterial waren knapp. So hatte auch dr Jupp, als er von einer seiner LKW-Touren nach Hause kam, seine Mutter und Mathilde in einem eiskalten Haus vorgefunden. Wie alle Kölner, legte seine Mutter die Predigt des Kardinals so aus, dass die Kirche ihren Segen gebe, wenn dr Jupp für sie Briketts stehlen würde, und wie alle Kölner, sprach auch sie vom „fringsen", wenn vom Kohleklau die Rede war.

Sinnend strich Joseph Zehnpfennig über die grünen Kacheln des Ofens. „De Mam! Ming Moder!" Wie tüchtig und erfindungsreich seine Mutter gewesen war, wenn es ums Leben und Überleben ging! Er konnte sich nicht daran erinnern, dass sie sich je über etwas beschwert hätte, nicht einmal, als er sie 1961 ins Krankenhaus bringen musste, wo sie wenig später starb. Eine seltsame Unruhe erfasste Joseph Zehnpfennig. Schwerfällig hievte er sich aus den tiefliegenden

Sesselpolstern heraus und begann, die Küche zu durchschreiten. Hier hatte seine Mutter schon Kartoffeln geschält, gekocht, eingemacht, abgewaschen, geputzt, Radio gehört, gesungen, gelacht, getanzt. Hier hatte er auf ihrem Schoß gesessen. Als Jüngster in der Familie genoss er das Privileg, nach dem Abendessen dort, auf seinem Stammplatz, vom wilden Spiel des Tages auszuruhen, während sie ihm über Haar und Wangen strich. „Die Häng!"* Wie rissig und rau hatten sich ihre Hände angefühlt, rau und doch so unendlich sanft. „Un dä Döff!"* Joseph Zehnpfennig schloss die Augen und meinte, den Geruch einatmen zu können: Eine Mischung aus Zwiebeln, die sie im Garten eigenhändig geerntet hatte, Spüllappen, ein Hauch von solider Kernseife, die den Duft der anderen „Zutaten" nicht zu überdecken vermochte, und ….ja, etwas Undefinierbarem, das nur seine Mutter ausgeatmet hatte, unverwechselbar und Geborgenheit verströmend. „Loß dr Jung in Rauh, Luis! Du möts den nit verwenne. Dä weed suns noch en Moderschsönche und Bangedresser!"* Das war der Vater, der der zärtlichen Innigkeit ein jähes Ende bereitete. War sein Vater eifersüchtig gewesen? Auf ihn? Als könne er der Erinnerung an den Vater so am besten entfliehen, verließ Joseph Zehnpfennig die Küche und trat über die Stufen hinaus in den Garten.

Auch hier hatte seine Mutter gewirkt. Gebückt über den Beeten, sich den Rücken haltend, die Schürze glattstreichend, sah er sie. Immer in Bewegung, voller Vertrauen darauf, dass die Ernte sie alle würde ernähren können. „Kappes, Bunne, Quallmänner, Öllich! Alles us dem eijene Jade, dat künne die met ehre jröne Rase un Blömcher doch ja nit verstonn!"* Missbilligend blinzelte Joseph Zehnpfennig in die Nachbargärten. Hier gab es schon lange keine Nutzpflanzen mehr, wie im Garten seiner Mutter. Hier standen Schaukeln und Sandkästen. Bälle, Federballschläger, Förmchen, Schaufeln lagen auf den Wiesen herum. „Alles för denne ehr Pänz! Dat isch nit laach! Die dun ehr Pänz verwenne!"* Und doch hatte er vor einiger Zeit die Nachbarn gefragt, ob er einmal schaukeln könne. Er selbst hatte noch nie auf solch einer Kinderschaukel gesessen. Wie er zugeben musste, war das ein gutes Gefühl. Er mochte es, über dem Boden zu schweben, die Füße weit nach vorne gestreckt. Die Eisenkonstruktion hatte ihn besonders interessiert. Auch das Plastikspielzeug hatte seine Neugierde geweckt. Bagger und Lastkraftwagen aus Hartplastik. Sie schienen stabil zu sein, gestand er anerkennend ein, nachdem er sie begutachtet hatte. „Äwwer Karnickelche?! För ze schmuse?!" Tatsächlich! Das Mädchen der Nachbarn hatte doch wahrhaftig ein Kaninchen zum Spielen geschenkt bekommen! Nun saß es mit dem Kaninchen auf dem Schoß im Garten, streichelte das Tier und sprach mit ihm. „Mir hatte och Karnickel. Äwwer die kome in dr Pott!", murmelte Joseph Zehnpfennig abfällig. Diese Leute hatten einfach keine Ahnung vom richtigen Leben, von harter Arbeit, vom Kampf ums Überleben. Und auch wenn er bereits einige Male das freilaufende Kaninchen mit Schnalzgeräuschen an den

66

Zaun gelockt und mit Löwenzahn gefüttert hatte, so konnte er dennoch das Leben dieser Menschen nicht verstehen, die sich mit allerlei Klimbim die Zeit vertrieben, anstatt zu arbeiten, wie seine Mutter. „Die han allt Fierovend, beför se arbeide. Ming Mam hatt kein freije Dach, bes dat se dud wor. Eesch jetz hät et sing Rauh."* Auch in ihren letzten Jahren hatte seine Mutter ihn noch versorgt. Allerdings war ihr Verhältnis nicht mehr so einvernehmlich gewesen, wie er es sich gewünscht hätte. Seine Mutter hatte es ihm übelgenommen, dass er Mathilde vergrault hatte, wie sie meinte.

Nachdem Mathilde ihn verlassen hatte, brachte er es nicht übers Herz, seine alte Mutter alleine zu lassen, und so hatte er sich eine Stelle als Schlosser gesucht und war bei ihr geblieben. Seine Schwestern waren verheiratet und lebten in anderen Städten, ließen sich nur an Weihnachten und Ostern in Bickendorf blicken. Dann stand seine Mutter Tage vorher am Herd und bereitete ein Festessen zum Empfang ihrer Kinder vor. Er sah sie vor sich. Eingehüllt vom Dunst der Kochdämpfe, in der karierten Schürze, dem ergrauten Dutt und dem müden Lächeln. „Ming Mam."

Inzwischen war er selber um viele Jahre älter, als seine Mutter es gewesen war.

XVI.
Marie

Joseph Zehnpfennig tat noch einige Schritte in seinen Garten. Auch hier gab es längst keine Nutzpflanzen mehr. Inmitten verdorrter Grashalme stand ein Rhododendronstrauch, der ziemlich mitgenommen aussah. Marie hatte ihn dorthin gepflanzt. Vorsichtig strich Joseph Zehnpfennig über die trockenen, gelb gefärbten Blätter. Wie nur, wie sollte er den Strauch retten? Er hatte alles versucht: Wasser, Dünger, neue Erde. Aber der Strauch schien mit ihm gemeinsam zu verkümmern seit Maries Tod vor zwei Jahren.

Mit 16 Jahren hatte er Marie wiedergesehen. Er hatte gerade Feierabend und kam zu Fuß die Venloerstr. entlang, die Arbeitstasche mit Henkelmännchen unterm Arm, ein Lied vor sich hin pfeifend, als hinter ihm die zweite Stimme ertönte, die weitaus kunstvoller und melodischer klang, als sein eigener stümperhafter Versuch. Dennoch pfiff er weiter, steigerte zunehmend seine Qualität und lauschte auf den Zusammenklang. Sie harmonierten. Und natürlich war es gar nicht nötig gewesen, sich umzudrehen. Dr Jupp wusste genau, wer da hinter ihm her pfiff. Trotzdem nahm er all seinen Mut zusammen. Schließlich war er ein angehender Schlosser. Ein Mann. Breitbeinig stellte er sich vor Marie hin und sagte: „Dich hierot isch mol!"* Womit auch schon sein ganzer Mannesmut verbraucht war, er sich umdrehte und sich, so schnell ihn seine Beine tragen konnten, davonmachte, hinter ihm ein glockenhelles Lachen. Joseph Zehnpfennig traten Tränen in die Augen, noch während er über sich selbst lächelte. Geheiratet hatte er dann die Mathilde. Und die Marie?

Nach dem Tod seiner Mutter hatte er wieder begonnen, in Kneipen und auf Festen Akkordeon zu spielen. Er hatte gemerkt, dass er unter Leute musste. Ein Feierabend-Kölsch mit den Arbeitskollegen reichte da nicht. Und so verband er seine Liebe zur Musik mit Geselligkeit. Auch der Toni hatte ihn für seine Hochzeit engagiert. Dr Jupp sollte den Brautwalzer und später zum Tanz aufspielen. Den Toni kannte dr Jupp aus der kleinen Gaststätte „Im Rondellchen", die seit den 20er Jahren, zunächst als Café, zur Gartensiedlung gehörte und an der Wendeschleife der Straßenbahnlinie 4 gelegen war, ein idealer Treffpunkt im Veedel nach Feierabend also.

An einem heißen Samstagnachmittag im Juni 64 machte sich dr Jupp auf den Weg zur Hochzeitsgesellschaft im Häuschensweg. Erst als er sein Instrument aus dem Koffer holte und sich bereit machte zum Spiel, sah er sie: Braut und Bräutigam, Marie im langen Brautkleid und Schleppe und Toni, der das zierliche Persönchen um zwei Köpfe überragte und voller Besitzerstolz seine Hand lässig auf ihre Schulter gelegt hatte. Ein Bild, das dr Jupp nie mehr vergessen würde.

Joseph Zehnpfennig wusste nicht mehr, wie er den Abend überstanden hatte. Wieder einmal rettete ihn sein Quetschenbüggel, trug ihn davon, weg von Schmerz und Schmach, hob ihn empor in eine eigene Welt voller Trost und Harmonie.

Später, in einer Spielpause, hatte er sich plötzlich vor Marie wiedergefunden und nur ein „Woröm?" herausgebracht. „Woröm dr Toni?". „Do häst doch och jehierot, et Tilde", flüsterte Marie. Sie hatte Tränen in den Augen. „Dr Toni es ne jode Käl. Hä beschötz mich un den Besteva."* Marie, deren Eltern früh gestorben waren, lebte mit ihrem Großvater, der mittlerweile pflegebedürftig war, am Häuschensweg in ärmlichen Verhältnissen. Mit ihrer Tätigkeit in einer Schreibstube konnte sie sich und den greisen Mann gerade so über Wasser halten. Der Toni, verliebt bis über beide Ohren, hatte seine Hilfe angeboten.

Nachts hatte dr Jupp bei einem Kölsch im Garten gesessen und den kleinen weißen Kieselstein, den er all die Jahre aufbewahrt hatte, wutschnaubend in die Büsche geworfen – nur um ihn am nächsten Morgen, auf allen Vieren kriechend, so lange zu suchen, bis er ihn wiedergefunden hatte. Der Stein war unverwechselbar.

Mittlerweile stand die Sonne hoch am Himmel und Joseph Zehnpfennig rann der Schweiß von der Stirn. Mit der rechten Handfläche fuhr er sich über die Augen und wischte so Tränen und Schweiß mit einer Bewegung aus seinem Gesicht. Langsam schluffte er wieder ins Haus. Am Küchenschrank tastete er nach einem Holzkästchen, das er behutsam öffnete. Ja, sie waren noch da. Zwei kleine Steine ertastete er und ein tiefer schluchzender Seufzer erfüllte die Küche. Der zweite Stein war 1970 dazugekommen.

Seit Maries Hochzeit hatten sie sich regelmäßig getroffen: Im Park, beim Einkauf, im Café. Und sie hatten sich eingeredet, Freunde zu sein, sprachen viel miteinander, lachten, erzählten von der Arbeit, fachsimpelten über Musik. Einmal waren sie sogar gemeinsam ins Kino gegangen. „In dr Thebäerstroß, em Urania. Dat wor ne komische Film, wie hieß dr nochens? – `Reifeprüfung` Nä, wat han mir jelaach, mir zwei."

Aber wenig später war der Marie nicht mehr zum Lachen zumute gewesen. Das war in der Silvesternacht zum 1. Januar 1970. Dr Jupp hatte im Tanzsaal am Hans-Josef-Esser-Platz musiziert und war erst spät ins Bett gekommen, weshalb er das Steinchen, das immer wieder gegen die Fensterscheibe schepperte, zunächst nicht hörte. Es war Marie, die vor seinem Fenster nach ihm rief und das Steinchen warf. Am ganzen Leib zitternd, stand sie in seiner Küche, nachdem er sie hereingezogen hatte. Sie sah schlimm aus. Das Veilchen am linken Auge war das Wenigste. Der Toni hatte sie so zugerichtet. Aus Eifersucht, wie sie dem Jupp erzählte.

Überwältigt von der Erinnerung, ließ Joseph Zehnpfennig seinen Tränen nun endgültig ihren Lauf. Wie Sturzbäche sprangen sie aus seinen verquollenen Augen und suchten sich ihren Weg durch die tiefen Furchen in seinem grauen, müden Gesicht. Sein nicht enden wollendes Schluchzen schüttelte seinen schwachen, gebrechlichen Körper so heftig, dass dr Jupp am Küchenschrank Halt suchen musste. Schließlich ließ er sich rückwärts in den Ohrensessel fallen, immer noch

71

vom Weinen erschüttert, das allmählich in ein krächzendes, aufheulendes Lachen überging. „Dank dr, Toni! Dank dr för ming jrößtes Jlöck! Mi wahres Jlöck! Mi Leev! Mi Levve! Do häs mich zöm jlöcklichste Minsch op dr Ääd jemaat!"*

Tatsächlich! 32 Jahre Glück hatten in dieser Nacht ihren Anfang genommen. 32 Jahre Glück, die all das Unglück, das er in seinem früheren Leben erlitten hatte, zu überwiegen schienen. Eng umschlungen hatten sie in dieser Nacht beieinandergelegen, so eng, so eng, dass er nicht mehr hätte sagen können, wo sein Körper endete und ihrer begann. In ihrem erdigen Duft wollte er baden, er konnte nicht satt werden von ihren Berührungen, auf die er so lange gewartet hatte. Ganz eintauchen wollte er in dieses unbekannte, vertraute, andere Ich. „Sillich woren mir! Sillich!"* Und bis zuletzt hatte dieses Glück angedauert. Ob im Alltag, im Streit, sie hatten immer wieder einen Weg zueinander gefunden, mit Blicken, Worten, Humor. Auch als er die kranke, entkräftete Marie auf seinen Armen die Treppen hochgetragen hatte, hing über ihnen das Glück der Innigkeit und des Zusammenhalts. Lag es daran, dass sie so lange darauf hatten warten müssen, oder daran, dass beide, inzwischen reich an Erfahrungen, ein Alter erreicht hatten, in dem sie dieses Geschenk zu schätzen wussten?

Völlig entkräftet lag Joseph Zehnpfennig mehr in seinem Ohrensessel, als dass er darinsaß.

32 Jahre hatten er und seine Marie in wilder Ehe zusammengelebt, wie man das damals nannte. ein

Skandal! Seine Schwestern Ursula und Elisabeth hatten daraufhin den Kontakt zu ihm abgebrochen. Ihren Kindern war er nur auf den Beerdigungen seiner Schwestern begegnet. Nur „et Irmche", seine Lieblingsschwester, hatte Verständnis gezeigt. Sie war drei Jahre älter als er, lebte in Bielefeld und kam nur noch selten mit ihrem Sohn und ihren Töchtern bei ihm vorbei. „Äwwer morje, Marie, morje, do kumme se, öm mich afzeholle. Doför han se Zick!"*

Joseph Zehnpfennig erhob sich mühsam und mit einem gequälten Stöhnen. Er schleppte sich zum Küchensofa auf der gegenüberliegenden Seite, vor dem sein Akkordeonkoffer stand. Er hatte ihn gestern aus dem Keller geholt, wohin er ihn seit Maries Tod verbannt hatte. Was nützte ihm der Quetschenbüggel denn noch, wenn er ihn ohnehin nicht mehr hörte. Aber hierlassen wollte er ihn auch nicht, wenn er morgen sein Zuhause für immer verlassen würde. Dr Quetschenbüggel war sein letzter Begleiter, der ihm noch geblieben war. Zärtlich strich er über die abgegriffene Fläche des Koffers. „Ach, Marie! Wat han mir zwei alles zesamme erläv!" In den 80ern waren sie zusammen nach Paris gefahren, wo sie doch wahrhaftig ein Konzert von Yvette Horner besuchten. In der Pause hatte er seine Marie dann feierlich eingeladen. „Dö Balong rusch, silvu plä, Madam!" „Äwwer Jupp, do kanns jo Franzüüüsisch!"* Bei dem „ü" spitzte sie das Mäulchen, wie nur sie es konnte, bis sie beide anfingen zu lachen. Vergeblich hatte er sich in der Pause nach Jean umgesehen. Aber dafür spielte Yvette

Horner an diesem Abend „Mado" von Emile Vacher, das der Jupp in „Marie" umbenannte, sobald sie wieder zuhause waren.

Mühsam öffnete Joseph Zehnpfennig den grauen Koffer und hievte seinen Quetschenbüggel heraus. Auch wenn die Finger bei der ersten Berührung der Tasten noch etwas steif und zittrig reagierten, so erkannten sich dr Jupp und sein Instrument doch spielend wieder. Man hörte: Sie waren aufeinander eingestimmt. Mit rauer, brüchiger Stimme sang Joseph Zehnpfennig noch einmal das Lied für seine geliebte Marie:

Marie, ming pfiffich Mädche, do!
Marie, dech leeven isch esu!
Oh Marie! Nur do bes ming Hätz.
Oh Marie! Dat es janz jeweß.
Marie, ming pfiffich Mädche, do!
Do läss mer kejne Rauh!
Isch luur dir en dinge Auge so deef!
Oh Marie! Ming Leev!*

„Ach, Marie! Ming pfiffich Mädche! Wat soll isch noch he ohne dich? Ohne dich ben isch fremb en minger Stadt, fremb en mingem Veedel, fremb en minger Stroß, fremb en mingem Huus, fremb en mingem Bett! – fremb he op dr Äd!"*

Mit dem Akkordeon auf dem Schoß saß Joseph Zehnpfennig dort auf dem Küchensofa. Lange saß er dort. Bis es dämmerte. Dann erst legte er den Quetschenbüggel zurück in den Koffer. Er selbst legte sich auf das Sofa und schlief mit einem Lächeln auf den Lippen ein.

Es war, als habe sich sein ganzes Leben auf diesen Tag hinbewegt.

War es seine Entscheidung? Ergab er sich in das Unvermeidliche? Wer kann das wissen?

Sicher ist nur, dass sein Neffe und seine Nichten ihren Onkel Joseph Zehnpfennig am nächsten Tag tot, auf dem Küchensofa liegend, vorfanden. Er war ein ganz normaler Mann gewesen, nicht auffällig, nicht besonders klug, nicht besonders dumm, nicht besonders frech, nicht besonders brav, nicht besonders mutig, nicht besonders feige. Normal eben.

Epilog

Wenige Wochen später rettete eine junge Studentin Joseph Zehnpfennigs Quetschenbüggel aus einem Müllcontainer, der vor dem Haus im Akazienweg stand. Das Instrument hatte dort zwischen einem Gehstock, einem Ohrensessel und anderem Hausrat gelegen und die Studentin – Anna war ihr Name – war eigens auf den Container geklettert, um den Schatz zu heben. Selig über ihren Fund, bog sie rechts ab in die Kackgasse und verschwand mit dem buckligen, grauen Koffer in der Hand.

Anhang

Übersetzungen aus der Kölschen Sprache

Kapitel I.

„Da kütt dr Manes mit singer Band."
„Da kommt der Manes (Kürzel für Herrmann) mit seiner Bande."

„Do! Fress! Udder beste fies dovör?"
„Da! Friss! Oder ekelst du dich davor?"

Kapitel II.

Drop jeschwore
Darauf geschworen

Et hätt kejne Schutz mih jejovve en denne Johr. Nirjends-wo! Nit vör dem Kreech, denne Bombardeerereje, nit vör dr Angs, dem eijenem Hätzchlaach. Kejne Secherhejt, kejn Schutz. Nirjends! Nirjends!"
„Es hat keinen Schutz mehr gegeben in diesen Jahren. Nirgendwo. Nicht vor dem Krieg, vor den Bombardements, nicht vor der Angst, dem eigenen Herzschlag. Keine Sicherheit, kein Schutz. Nirgends! Nirgends!"

„dr leeven Jott wor allt och wedder dobej."
„der liebe Gott war auch wieder dabei."

„Jo, bej dem moot mer sich immer ducke, do hät mer kejne freie Welle mih. Söns worste dud."
„Ja, bei dem musste man sich immer ducken, da hatte man keinen freien Willen mehr. Sonst warst du tot."

Kapitel III.
E Jeschenk
Ein Geschenk

Dillendöppche
Holzkreisel, der mit einer Peitsche angetrieben wird.

„ wenn singe Pap im de bläcke Fott verhaue wollt."
„wenn sein Papa ihm den nackten Po verhauen wollte."

„Jangk!"
„Geh!"

„Dem spillt et em Ovverstüffje"
„Der ist nicht ganz richtig im Oberstübchen (Kopf)."

„Jecke sin och Lück un jede Jeck es anders."
„Narren sind auch Menschen und jeder Narr ist an-
ders:"(nur schwer übersetzbare, typische Kölsche
Weisheit, die für Toleranz plädiert, etwa wie das Motto:
„Leben und leben lassen".)

„un jet ze liere, hätt noch kejnem jeschad."
„und etwas zu lernen, hat noch keinem geschadet."

Kapitel IV.
Dr Quetschenbüggel
Das Akkordeon

„övver dr Kraach en singer Bud"
„über den Krach in seinem Zimmer"

„Loss et Jüppche. Dat es vör de janze Familich joot!"

„Lass den kleinen Jupp. Das ist für die ganze Familie gut!"

„Nä, Jüppche, nit allt wedder et Hellije-Ovends-Jedudels! Do weste jo jeck! Spell doch ens Fröhlings leedcher!"
„Nein, Jüppchen, nicht schon wieder das Weihnachtsgedudel! Da wird man ja verrückt. Spieldoch mal Frühlingsliedchen!"

Kapitel V.
Em Bunker
Im Bunker

„Nit jetz och noch kriesche. Häs allt jenoch jekreesch en dingem Levve!"
Nicht jetzt auch noch weinen. Du hast schon genug geweint in deinem Leben!

„Wat die all maache met denne Hüsjer! Se versaue se mit Färv! Se mole se ruut, jrön, jäl un wat nit all aan! Et es en Schand!"
„Was die alles mit den Häuschen machen! Sie versauen sie mit Farbe! Sie streichen sie rot, grün, gelb und was nicht alles an! Es ist eine Schande!"

„Mer öwwerlewwe oder sterve zesamme."
„Wir überleben oder sterben zusammen."

„Quallmänner"
„Kartoffeln"

„Öm Joddeswelle, Kättche!"
„Um Gotteswillen, Käthchen!"

79

„Dat es ene Jroß."

„Das ist ein Gruß."

„Esu wie Heil Hitler?"

„So, wie `Heil Hitler`?"

„Nä, Kättche, dat därfste nit sage! Saach do ens immer `Heil Hitler`! Dann beste brav!"

„Nein, Käthchen, das darfst du nicht sagen! Sag immer `Heil Hitler`! Dann bist du brav."

„Äwwer minge Mam hät jesaat, et weet allt Zick, dat mer all widder ens Joode Daach sage."

„Aber meine Mama hat gesagt, es ist längst Zeit, dass wir alle wieder `Guten Tag`sagen."

„Jo, dä Kolping! Dr Jroß `Treu Kolping`hätte se nüngzehndrissich injeführt. Und dä Pap hätt dä Jroß dreiundrissich an de Wäng em Keller jemolt."

„Ja, der Kolping! Den Gruß `Treu Kolping`haben sie 1930 eingeführt. Und der Papa hat den Gruß 33 an die Wände im Keller gemalt."

„Dä jing nit zem Laache en dr Keller, sondern zem Moole."

„Der ging nicht zum Lachen in den Keller, sondern zum Malen.

„Dat künne die hück doch ja nit verstonn! Die künne jo jet verzälle, de Muhl oprieße vun wäje Widderstan Die künne sech dat doch ja nit vörstelle!"

Das können die (Leute) sich heute doch gar nicht vorstellen! Die können ja etwas erzählen, das Maul aufreißen von wegen Widerstand. Die können sich das doch gar nicht vorstellen!

„Mädcher, die fleute, un Höhner, die krihe, soll mer bei
Zigge dr Hals erömdrihe."
„Mächen, die pfeifen und Hühnern, die krähn, soll man
beizeiten die Hälse umdrehen.

Kapitel VI.
Huh en dr Luff
Hoch in der Luft

Flitscheboge
Flitzebogen

Flitschbüß
Flitschbüchse

Flitscheding
kleine Schleuder aus Gummifäden

„Zojejovve, dat wor nit ens motich un villeich och e
beßje bangedressich."
„Zugegeben, das war nicht gerade mutig und vielleicht
auch ein bisschen feige.

„Huh dobovve!"
„Hoch da oben!"

Kapitel VII.
Jeklatsch
Geklatscht

„Isch kann die Pänz nit ligge!"
„Ich kann die Kinder nicht leiden."

„Se sage, se welle mer helfe, dobej se nur et Huus!"
„Sie sagen, sie wollen mir helfen, dabei wollen sie nur das Haus!"

„Un op eimol hejßet: `Et es im nit jot, hä es krank´un esu wigger jot, hä es krank´un esu wigger äwwer et es nix unjesunder wie krank sin, un isch wor allt nie krank in mingem Levve!"
„Und auf einmal heißt es: Ès ist ihm nicht gut, er ist krank und so weiter, aber es ist nichts ungesünder, als krank zu sein, und ich war noch ie krank in meinem Leben!"

„Äwwer dat es nit denne ehr Saach!"
„Aber das ist nicht deren Sache!"

„Die kläue wie die Rave! Nä, wat sin die dreckelich un fuul!"
„Die klauen wie die Raben! Nein, was sind die dreckig und faul!"

„Dat sin Minsche wie mir. Die han och Sorje wie mir. Un dann üvverhaup: Mir all sin dem Herrjott singe Pänz."
„Das sind Menschen wie wir. Die haben auch Sorgen wie wir. Und überhaupt: Wir alle sind Gottes Kinder.

„Die solle sich jet schamme! Fraulück un Pänz han se jeholt, die Nazis. Un die Lück han ens en de Häng je-klatsch. Sojar et Lisbeth, die Mam vum Kättche!"
„Die sollen sich schämen! Frauen und Kinder haben sie geholt, die Nazis! – Und die Leute haben in die Hände geklatscht. Sogar Lisbeth, die Mutter vom Käthchen!"

82

Kapitel XIII
Am Karesselche
Am Karussell

„Hück die Lück, die speie op de Stroß. Se han kejn Anstand, kejn Benemme mih!"
„Heute die Leute, die spucken auf die Straße. Sie haben
keinen Anstand, kein Benehmen mehr."

„Enä, äwwer unser Vatter zallt jo och kejn Penninge
und hejß Zehnpenning."
„Nein, aber unser Vater zählt ja auch keine Pfennige
und heißt Zehnpfennig.

Die Blomenthals, dat sin jode Minsche! Och wenn se
esu löstich schwade. Mänchmol kann isch die nit
verstonn. Un isch jläuv, die misch och nit."
„Die Blumenthals, das sind gute Menschen! Auch wenn
sie so lustig reden. Manchmal kann ich die nicht verstehen. Und ich glaube, die mich auch nicht."

„Dä Blomenthal, dä hätt Benimm. Dat es ene feine Här.
Dä arbeite m Rothus."
„Der Blumenthal, der hat Benehmen. Das ist ein feiner
Herr- Der arbeitet im Rathaus.
„bejm Karessellche kenne jelehrt. Aan Pingsmondaach.
`Wann Pingste kütt et Sönnche schingk."
„beim Karussellchen kennen gelernt. An Pfingstmontag. `Wenn Pfingsten kommt, scheint die Sonne.`

op Huhzicksfiere, in dr Weetschaff an Fastelovend, om
Schötzfeß un op dr Kirmes.
auf Hochzeitsfeiern, in der Wirtschaft an Karneval,
beim Schützenfest und auf der Kirmes.

83

Ehr Hähren un Mammselcher,
Kutt her von fähns un noh,
Der Mann me´m Carussellche,
Pitt-Jüppchen, dä eß doh!
Pitt-Jüppchen drieht am Rädche,
Sing Frau schleit de Trumm
De Urgel hölt Janettche
Un Settchen de Lavumm
Jedes Pähdche kritt ´ne Jung
Füßche, Schimmel, Bläß ov Brung
Tschimmla…
Ihr Herren und Mamselchen,
Kommt her von fern und nah,
Der Mann mit dem Karussellchen,
Piet-Jüppchen, der ist da.
Pitt-Jüppchen dreht am Rädchen,
Seine Frau schlägt die Trommel.
Die Orgel holt Janettchen,
Und Settchen das Tambourin
Jedes Pferdchen kriegt einen Jungen,
Fuchs, Schimmel, Falbe oder Brauner,
Tschimmla….

„denne Brunge eine en de Freß schlage wollt."
„den Braunen eine in die Fresse schlagen wollten.

„Isch han et Wödche `Sex´ nit ens jekannt."
„Ich habe das Wörtchen `Sex´nicht einmal gekannt.

„Et weed jehierot!"
„Es wird geheiratet!

84

IX. Kapitel

„Die jrille un verbrenne Fleisch, jreulich, stinkich Flcisch. Die han dr Kreech nit erleev!"

„Die grillen und verbrennen Fleisch, grauenvolles, stinkendes Fleisch. Die haben den Krieg nicht erlebt!

„Op ejne mih kütt et och nit mih aan. Mer han jenoch Plaatz em Huus. Un et Tilde trächt uns Enkelche ungerm Hätz."

„Auf einen mehr kommt es auch nicht mehr an. Wir haben genug Platz im Haus. Und Tilde trägt unser Enkelkind unter dem Herzen."

„Su en ärm Dier! Nit, dat et sich e Leid andät. Duns ens met im schwade Mer muß eine han, dem mer si Leid klage kann."

„So eine bedauernswerte Seele! Nicht, dass sie sich ein Leid antut. Sprich mit ihr - Man muss jemanden haben, dem man sein Leid klagen kann.

„Bes dat dr Dud üch scheid."

„Bis dass der Tod euch scheidet."

Kapitel X.

„Es och ejal! Et is wie et is. Isch kann ct nimih ändere."

„Ist auch egal! Es ist, wie es ist. Ich kann es nicht mehr ändern."

„Jeblevve. Dat isch nit laach! Als ob dä verreis wör, met nem Köfferche in de Häng!"

„Geblieben. Dass ich nicht lache! Als ob der verreist wäre, mit dem Köfferchen in der Hand."

85

„Kaate, Flitscheboge, Müsje fange, Afzälle, Räuber un Schanditz, Pattevugel opjelohße, dr Dopp schmecke un werfe un Foßball, Foßball, Foßball!"
„Kartenspiel, Flitzebogen, Afzälle, Räuber un Schanditz, Pattevugel, Klingelmännchen, Abzählen, Räuber und Gendarm, Drachen steigen lassen, den Kreisel drehen und treiben und Fußball, Fußball, Fußball!"

„Parlä vu Fronsä? Amesemang, Miljöh Bajasch, Passasch, Latän, Paraplü, Malör wate ne Kladderadaatsch.
„Parlez vous Francais? Amusement, Milieu, Bagage, Laterne, Malheur, was für Kladderadatsch.

„Dä Schan, dä kunt spelle! Dä hätt en Visaasch – jrad wie ne Franzus, met singer Baskenmötz. Wie hejß dat nochens, wat dä jespellt hätt? - Müsett! Wat för en Musik!"
„ Der Jean, der konnte spielen! Der hatte eine Visage wie ein Franzose, mit seiner Baskenmütze. Wie heißt das noch, was der gespielt hat? – Musette! Was für eine Musik!

„Mado – so hät dat Leedche jeheiße."
„Mado – so hat das Lied geheißen."

„Die Splittere in mingem Rögge, die künne wandere, besser als wie isch – die wandere nochens, wenn isch allt dud ben."
„Die Splitter in meinem Rücken, die können wandern, besser als ich – die wandern noch, wenn ich schon tot bin."

Kapitel XI.

„Se versöke, d´r Wääch afzeköze, die Säu. Dat han isch nic jemahf! He wunne doch Lück!"

„Sie versuchen, den Weg abzukürzen, die Schweine. Das habe ich nie gemacht! Hier wohnen doch Leute!

„Se wor en jode Frau. Hätt dr Mam jeholfe, se wor flöck und fließich, ääwwer"

„Sie war eine gute Frau. Hat der Mama geholfen, sie war schnell und fleißig, aber.."

„Die han allt jewoß, dat do domet Panzer transportere kanns. Die woren meßtrauich."

„Die haben schon gewusst, dass du damit Panzer transportieren kannst. Die waren misstrauisch.

„Dä hätt mi Levve jerett. Ohne mingen Quetschenbüggel wör isch kapott jejange. Un isch han im nitens jedank."

„Der hat mein Leben gerettet. Ohne mein Akkordeon wäre ich kaputtgegangen. Und ich habe ihm nicht einmal gedankt.

„E beßje bang wor mir ääwver doch, so deef unger dem Floß."

„Ein bisschen bange war mir aber doch zumute, so tief unter dem Fluss.

„Isch wejß et nimieh – waat ens, do wor de Knippelbro en Kopenhagen, dat wor en Klappbröck un do wor de Passerelle en Páris un – nä, mih wejß isch nimih! – Endoch! Die Ungerföhrung en Münche. Dat wor em Herbs."

87

„Ich weiß es nicht mehr – warte, da war die Knippelbro in Kopenhagen, das war eine Klappbrücke und da war die Passerelle in Paris und – nein, mehr weiß ich nicht mehr! – Doch! Die Unterführung in München. Das war im Herbst.

„Ach, Tilde, isch hoff, do bes jlöcklisch jewode ohne mich!"
„Ach, Tilde, ich hoffe, du bist glücklich geworden ohne mich.

Kapitel XII.

„Isch ben allt ne ahle Mann un kann nimieh – ahl Iese, dat ben isch!"
„Ich bin schon ein alter Mann und kann nicht mehr – altes Eisen, das bin ich."

„Jrön, jrön, alles wor jrön. Wiese un Felder, jroße Bäum – e Paradies."
„Grün, grün, alles war grün. Wiesen, und Felder, große Bäume – ein Paradies."

„Isch han doheim Strichspönche am Ovve jeklemmp."
„Ich habe zuhause am Ofen Streichhölzer geklaut."

„Zom Jlöck hätte die jrad Automobile jekreech un kei Päd mih! Söns wör et schläch jelaufe."
„Zum Glück hatten die gerade Autos bekommen und keine Pferde mehr. Sonst wäre das schlecht gelaufen."

„ Äwwer mir han nix verrode! Wat för unadich Frech-säck mir wore! Dat hätt och schiefjehe künne! Dobei hätt dä Fuss selvs usjesin wie ne Zündhölzje met singe rude Hoor und dä huhe, spierich Fijur."

„Aber wir haben nichts verraten! Was für Frechdächse wir waren! Das hätte auch schiefgehen können! Dabei hat der Rotschopf selbst ausgesehen wie ein Zündhölzchen mit seinen roten Haaren und der hohen, dünnen Figur.

„Als ob dat jet jenötz hätt – de Pooz verrammele."
Als ob das etwas genützt hätte – die Tür zu verbarrikadieren.

„Mir müsse uns wehre, Jupp! Die sin brutal. Dat es Jesocks! Die bringe Unfridde!"
„Wir müssen uns wehren, Jupp! Die sind brutal. Das ist Gesocks! Die bringen Unfrieden.

Kapitel XIII.
„Isch kunnt nix maache! Dojäje kunnste nix maache! Wat hätt isch denn maache künne? Nix! Nix! Nix!"
„Ich konnte nichts machen! Dagegen konntest du nichts machen! Was hätte Ich denn machen können? Nichts! Nichts! Nichts!"

„Dä Herrjott hät mich verjesse! Woröm?
„Der Herrgott hat mich vergessen! Warum?

„Mer soll de Dude en Rauh loße Äwwer dann sulle die mich och ens en Rauh loße!"
„Man soll die Toten in Ruhe lassen, aber dann sollen die mich auch in Ruhe lassen!

Kapitel XIV.
Dä Katzekopp
scherzhaft/abfällig für Schlosser

„Do soll mich ens dä Deuvel holle! Dat es ming letzte Dach he in mingem Huus un ich kumm nit eren!"

„Da soll mich doch der Teufel holen! Das ist mein letzter Tag in meinem Haus und ich komme nicht hinein!

„Isch ben nix mih wät! Nit ens de Pooz opschließe kann isch! Schäl, dauv, ahl ne schlappe Käl, dä nix dauch!"

„Ich bin nichts mehr wert! Nicht einmal die Tür kann ich aufschließen! Blind, taub, alt, ein schwacher Kerl, der nichts taugt.

„Äwwer… dat Schloss he, dat dauch och nix!"

„ Aber das Schloss hier taugt auch nichts!"

„Ha! E secher Schloss! Dat es so secher, dat nit ens dä Här vum Huus rinkütt!"

„Ha! Ein sicheres Schloss! Das ist so sicher, dass nicht einmal der Hausherr reinkommt!

„Dä Jung weed mol Schohmächer, jrad wie dä Adolph Kolping. Jode Schohn bruche de Minsche immer Stivvel, Halfschohn, Häreschohn Dameschohn, Kinderschohn, Huusschohn, Arbeitsschohn."

„Der Junge wird mal Schuhmacher, genau wie der Adolph Kolping. Gute Schuhe brauchen die Menschen immer: Stiefel, Halbschuhe, Herrenschuhe, Damenschuhe, Kinderschuhe, Hausschuhe, Arbeitsschuhe."

„Wat wellste! Ne Katzekopp wäde?

„Was willst du? Ein Katzenkopf (scherzhaft für Schlosser) werden?

„Isch wäd keine Flickschuster!"

„Ich werde kein Flickschuster! (abfälliger Begriff für Schuhmacher)

„Loss dä Jung allt liere, wat hä well! Dat es kein schläch Handwerk, et näht singe Mann. Die Lück bruche och Ieser nit nur Schohn: Ieserbahne, Büjelieser Streckiesere, Waffeliesere..“
„Lass den Jungen lernen, was er will! Das ist kein schlechtes Handwerk, es nährt seinen Mann. Die Menschen brauchen auch Eisen, nicht nur Schuhe: Eisenbahnen, Bügeleisen, Stricknadeln, Waffeleisen.“

„Hück liere die nix mih!“
„Heute lernen die nichts mehr!“

„Do bes doch Musiker! Hürens, dr Amboss es verstemmp.“
„Du bist doch Musiker! Hör mal, der Amboss ist verstimmt!“
„Et weed alles anjeschrevve för unse Bedriev!“
„Es wird alles angeschrieben für unseren Betrieb!“

„Ja Jung, häste denn nit dinge Meister gefroch? Do kann isch der nit helfe. Do mötste allt noch ens laufe un froge.“
„Ja, Junge, hast du denn nicht deinen Meister gefragt? Da kann ich dir nicht helfen. Da musst du noch einmal laufen und fragen.“

„Nur met Jedold und Speie kütt mer zo jet.“
„Nur mit Geduld und Spucke kommt man zu etwas.

„Jeliert es jeliert.“
„Gelernt ist gelernt.“

Kapitel XV.

„Ab in dinge Stehhilfe, du Jehhilfe! Dä! Dich bruch isch nit doheim!"

„Ab in deine Stehhilfe, du Gehhilfe! Da! Dich brauche ich zuhause nicht!"

„Jupp, jangk noh Ihrefeld nom Jöderbahnhoff un frings e paar Klütte!"

„Jupp, geh nach Ehrenfeld zum Güterbahnhof und frings ein paar Kohlen."

„Die Häng!"

„Die Hände!"

„Un dä Döff!"

„Und der Duft!"

„Loß dr Jung in Rauh, Luis! Du mötst den nit verwenne. Dä weed suns noch e Moderschsönche un Bangedresser!"

„Lass den Jungen in Ruhe, Luise! Du musst den nicht verwöhnen. Der wird sonst noch ein Muttersöhnchen und Feigling."

„Kappes, Bunne, Quallmänner, Öllich. Alles us dem eijene Jade, dat künne die met ehre Rase un Blömcher doch ja nit verstonn!"

„Weißkohl, Bohnen, Kartoffeln, Zwiebeln. Alles aus dem eigenen Garten, das können die mit ihren Rasen und Blümchen doch gar nicht verstehen!"

„Alles för denne ehr Pänz! Dat isch nit laach! Die dun ehr Pänz verwenne!"

„Alles für ihre Kinder! Dass ich nicht lache! Die verwöhnen ihre Kinder!"

„Die han allt Fierovend, beför se arbeide. Ming Mam
hatt kein freije Dach, bes dat se dud wor. Eesch jetz hät
et sing Rauh."
„Die haben schon Feierabend, bevor sie arbeiten. Meine Mama hatte keinen freien Tag, bis sie tot war. Erst
jetzt hat sie ihre Ruhe."

Kapitel XVI.
„Dich hierot isch mol!"
„Dich heirate ich einmal!"

„Dr Toni es ne jode Käl. Hä beschötz mich un den
Besteva."
„Der Toni (Kürzel für Anton) ist ein guter Kerl. Er be-
schützt mich und den Großvater.

„Dank dr, Toni! Dank dr för ming jrößtes Jlöck! Mi
Leev! Mi Levve! Do häs mich zöm jlöcklichste Minsch
op dr Ääd jemaat!"
„Dank dir, Toni! Dank dir für mein größtes Glück!
Meine Liebe! Mein Leben! Du hast mich zum glück-
lichsten Menschen auf der Erde gemacht!"

„Sillich woren mir! Sillich!"
„Selig waren wir! Selig!"

„Äwwer morje, Marie, morje, do kumme se, öm mich
afzeholle, Doför han se Zick!"
„Aber morgen, Marie, morgen, da kommen sie, um
mich abzuholen. Dafür haben sie Zeit!"

93

„Dö Balong rusch, silvu plä, Madam!" „Äwwer Jupp, do kanns jo Franzüüsisch!"

„Deux ballons rouges, s´il vous plait!" („Zwei Gläser Wein, bitte!"

„Äwwer Jupp, do kanns jo Franzüüsisch!"

„Aber Jupp, du kannst ja Französisch!"

Marie, ming pfiffich Mädche, do!
Marie, dech leeven isch esu!
Oh Marie! Nur do bes ming Hätz!
Oh Marie! Dat es janz jeweß.
Marie, ming pfiffich Mädche, do!
Do läß mer kejne Rauh.
Isch luur dir en dinge Auge so deef!
 Oh Marie! Ming Leev!
Marie, mein pfiffiges Mädchen, du!
Marie, dich liebe ich so!
Oh Marie! Nur du bist mein Herz.
Oh Marie! Das ist ganz gewiss.
Marie, mein pfiffiges Mädchen, du!
Du lässt mir keine Ruh!
Ich blick dir in die Augen ganz tief!
Oh Marie! Meine Liebe!

„Ach Marie! Ming pfiffich Mädche! Wat soll isch noch he ohne dich? Ohne dich ben isch fremb en minger Stadt, fremb en mingem Veedel, fremb En minger Stroß, fremb ein mingem Huus fremb en mingem Bett! fremb he op dr Ääd!"

„Ach Marie! Mein pfiffiges Mädchen! Was soll ich noch hier ohne dich? Ohne dich bin ich fremd in meiner Stadt, fremd in meinem Viertel, fremd, in meiner Straße, fremd in meinem Haus, fremd in meinem Bett! fremd hier auf der Erde!"